遠い声／浜辺のパラソル

川本三郎掌篇集

川本三郎

ベルリブロ

目次

カバー・パステル画　坂口恭平「橘湾の波打ち際」（二〇二四年）

遠い声／浜辺のパラソル

川本三郎掌篇集

陸橋

「りっきょうに行かない？」

と誘ったのは、かっちゃんだった。

かっちゃんの名前は、ほんとうは勝と書いてまさると読む。しかし、クラスのみんなはかっちゃんと呼んでいた。

私の学年は、戦争中に生まれた子どもなので、勝とか勝彦、勝利、勝一といった名前が多かった。戦争は結局、負けてしまったから勇ましい名前だけが残って、どこか居心地が悪かった。

かっちゃんは、三歳のときに満州から引揚げて来たという。あまりそのことは話したがらなかったが、「冬のげんかいなだを船で渡ってきた」と大人みたいにいうときだけは、かっちゃんが強そうに見えた。

宝島ごっこを考え出したのはかっちゃんだった。二人で、大事にしているものを、誰にも見つからないところに隠し、その場所を書いた地図を二つに破ってそれぞれが持つ。秘密を持った大人のような気持になった。

かっちゃんは、町をよく歩いていて、隠し場所を見つけるのがうまかった。若ノ花のサインは油紙に包んで、天祖神社の祠のうしろに埋めた。かっちゃんが、お父さんからもらったという鉄砲の薬莢は、玉野の森の石の下に隠した。

「りっきょうに行かない?」

と誘われたときに、すぐに行こうといったのは、かっちゃんについて行けばきっと面白いことがあると思ったからだろう。

りっきょうとは、隣りの町に出来た陸橋のことで、そういうものが出来たとは知っていたが、まだ見たことがなかった。

町の南側に多摩のほうに伸びる昔からの街道がある。街道は隣りの町に入ると北に曲って、中央線の線路と交差する。以前はそこに踏切があったのだが、車が増えてくるにつれて、踏切だと渋滞になってしまう。それで踏切にかわって、道路が線路を跨ぐ形の橋が作られた。それを町の人たちは陸橋と呼んでいた。川でもないところに橋がある。

それを見たいとかっちゃんはいった。

隣りの町まで、子どもの足では三十分くらいはかかる。秋のある日、学校を終えると、かっちゃんと世尊院の境内で待合せた。キンモクセイの匂いが強かった。

小学校の六年生になると、親がだんだんうるさく勉強しなさいというようになった。私立の中学校を受験しようというのだから、勉強しないといけないことはわかっていたが、母親から、かっちゃんは公立の中学校に行くからいいけれど、あなたは受験するのよ、しっかりしなくてはといわれると、自分だけが勉強するのは、かっちゃんに悪いような気持になった。いっしょに遊んでいて、夕ごはんの時間になる、母親が呼びに来る、相手を残して自分だけが家に帰ってしまう。そんな、友だちに対して悪いことをしたような気持になってしまうのだ。

世尊院から、裏道づたいに隣りの町に向かった。かっちゃんは、実によく、横道や路地を知っていた。銭湯の横の細い道、線路脇の人の通らない道、女学校の裏手のドブ川沿いの道。かっちゃんは、そこを通るとき、得意そうに、秘密の道、秘密の道といった。二人のあいだで、秘密の、という言葉は最高の、という意味だった。大人たちの知らないことを自分たちだけが知っている。それが、うれしかった。

パン工場の裏の原っぱを横切ると広い大きな通りに出る。多摩のほうに通じている街道だ。あとは西に向かって歩いてゆけばいい。

街道に出るとバスやトラックの音が騒々しくなる。かっちゃんは車が通るたびに顔をしかめる。ここから先きは、かっちゃんもまだ来たことがないのだろう、秘密の道に入りこむことが出来ない。

かっちゃんのお父さんは花屋だった。満州から引揚げて来て、しばらく町はずれの引揚げ者寮に住んでいたが、やがて、そこを出て商店街に花屋を開いた。といっても間口一間あるかないかの小さな店で、近くの尼寺にある墓地の参拝客相手に仏花を売っていた。しかもその店は場所が悪く、狭い商店街を走るバスがちょうどカーヴするところに当っていて、危なくて、客が近づきにくい。いままでも、いろいろな店になったが、一年もたたずに店仕舞いしていった。

その夏、かっちゃんのお父さんは、思い切った行動に出た。秋のはじめに行われる区議会議員選挙に突然、立候補したのだ。訴えたことは、ひとつだけだった。バスの運行を中止せよ。

かっちゃんのお父さんは、夏の暑いさなか、自転車に、バスの運行反対の幟《のぼり》を二、三本立てて、町の隅々を走りまわって、選挙運動した。もちろん政党の支援などなかった。たった一人で、自転車に乗って声をからして、バス運行反対を叫んでいた。

はじめのうちは、面白がっていた町の人たちは、最後のころは、気の毒になって、かっちゃんのお父さんの幟を立てた自転車を見ると、姿を隠すようになった。私たち子どももはじめは、かっちゃんのお父さんの演説を感心して聞いていたが、だんだん、相手にしなくなった。

炎天下、住宅街の真中で、かっちゃんのお父さんは、汗を流しながらひとりで、バス会社がどんなに横暴か訴えていたが、誰もそれを聞く人はいなくなった。選挙があって、かっちゃんのお父さんは、落選した。百票足らずしか入らなかった。

オレ、もうじき、埼玉のほうに引越すんだと、陸橋のほうに歩きながら、かっちゃんがいった。それ以上は、話したがらなかったが、お父さんが選挙で失敗したために、町に居づらくなったのだろう。埼玉の安行《あんぎょう》というところに花屋の親方がやっている花の畑があって、そこで働くことになったという。オレ、働くの嫌いじゃないから、花の畑の仕事を覚えるんだ、とかっちゃんはいった。

陸橋は、予想していたよりずっと立派で、大きかった。コンクリートで出来ていて、手すりはぶ厚い壁のようだった。何よりも、陸橋は高かった。真中に立って、東のほうを見ると、中央線の線路が新宿のほうに向かってまっすぐに伸びている。まわりには高い建物が何もないから、新宿の西口にある淀橋のガスタンクが見える。

西のほうを見ると、やはり中央線の線路がどこまでも真っすぐに伸びていて、その先きに奥多摩の山が見える。夕暮れのなかで、山の形をくっきりとあらわにしている。新宿のデパートの屋上から見る風景よりも素晴しかった。あっ、玉野の森だ。天祖神社だ、とかっちゃんがいう。あっちは世尊院だ、学校だ、と私がいう。三階建て以上の建物などほとんどなかったから、空がどこまでも広かった。その空が、暮れゆく光のなかで、ゆっくりと赤に染まってゆく。

街道には、新宿のほうからやって来る都電が走ってくる。緑色の車体の電車が、陸橋の急坂を、スピードを加速しながら登ってくる。ケーブルカーのようだ。電車は、陸橋のいちばん高いところまでたどり着くと、こんどは豊島園のウォーターシュートのように、陸橋の下に向かって勢いよく走り降りてゆく。

かっちゃんも私も、いつもとは違う町のなかにまぎれこんでしまったようで興奮していた。不意に、かっちゃんが、陸橋の手すりの上に乗った。サーカスの綱渡りの芸人のように、うまくバランスを取りながら歩いてゆく。

私には、恐くて出来ない。

来いよ、とかっちゃんが、背中を見せながらいう。しかし、私は、そんな高いところに立つことが出来ない。かっちゃんはひとりでどんどん橋の向うにいってしまう。

かっちゃん、危ないよ！

といったが、かっちゃんにはもう聞えない。

犬を放つ

犬が走るのを見た。

その日、早朝試写が銀座の試写室で行われるというので、満員電車を避けるために、早目に家を出た。

銀座に着いたのは八時前で、通りにはまだ人も車も少なかった。九州では台風が近づいているということだったが、東京は朝から真夏の名残りの日射しが強かった。

四丁目の交差点に立って、東の勝鬨橋のほうを見ると、朝日がちょうど目の高さにあり、まぶしくて目を開いていられないほどだった。

喫茶店に入ろうと有楽町駅のほうに歩き出したとき、横の道から不意に一匹の犬が走り出て来た。茶色の大きな犬だった。首輪がついているから野良犬ではない。といって飼主の姿も見えない。いつもつながれている犬が何かの事情で、放されたのだろう。突然の自由を楽しむように、身体じゅうに喜びをあふれさせて走っている。幸い通りに車は少ない。犬はためらわずに四丁目の交差点を横切り勝鬨橋のほうへ走ってゆく。犬の爪が道路にぶつかる乾いた音が、オーケストラの小太鼓のように聞える。どこに行くのだろう。飼主のところへ戻ろうとしているのか、それとも家から離れようとしているのか。

犬は東へ、東へと走ってゆく。朝日がまぶしくてもう犬の姿を追うことは出来ない。犬は白い光のなかに消えていった。

小学校の五年生のとき、大久保君という男の子が転校してきた。あいうえおの席順で、隣りの席に座ることになった。

大久保君は無口だった。動作ものろく、休み時間でもほとんど外に出ようとしなかったので、すぐに「のろま」「のろ」とあだ名がついた。

授業中も手を上げて答えることはない。授業を聞いているのかどうかもわからない。口を開けてぽかんとしている。先生は大久保君には当てない。教科書は開いているのだが、授業のあいだずっと同じページになっている。

しかし、図工の時間になると人が変わったように生き生きとしてくる。ナツツバキの実のなかをくり抜いて笛を作る。竹で山吹鉄砲を作る。そのあいだ、ひとことも喋らない。

まわりに誰もいないかのように熱中する。先生に、よく出来たわね、とほめられると少しだけうれしそうな笑顔を見せる。

山の絵を描いたとき、大久保君は変わった絵を描いた。クラスのみんなは緑の山を描いたのに、大久保君の山だけは茶色に塗りつぶされていた。山というより大きな岩のようだった。先生はその絵を見て、少し変ね、でもいい絵だわといった。

町では七月になると雷がよく鳴った。先生は、このあたりは雷の通り道なのよ、怖がるとかえって危ないわ、といった。

その年も、変電所に雷が落ちた。玉野の森の高い杉の木にも落ちた。いくら先生に怖がらないでといわれても、稲妻がピカッと光るともうクラスは大騒ぎになった。

夏休みに入る少し前、昼近くになって、朝から降り続いていた雨が土砂降りになった。稲妻が光り、雷鳴が鳴った。二階建ての木造校舎が頼りなく風に揺れた。そのとき、大久保君が身体を震わせて、机にしがみついた。机の上におおいかぶさるように顔をつけた。「のろま」だなあと思ったが、震え続けている大久保君を見ると何もいえなかった。クラスの女の子たちが次々に悲鳴を上げていたから、大久保君の様子に気づいた者はいなかった。

昼休みになってようやく雨は小降りになり雷の音も遠去かった。授業が終って帰ろうとすると、廊下で先生に呼びとめられた。大久保君を家まで送るようにといわれた。先生は地図を書いてくれた。ふだん行ったことのない町で少し不安だったが、まだ震えている大久保君を見ると送ってあげなくてはと思った。

校門を出て、いつもとは逆に天祖神社のほうに歩く。商店街がずっと続いていて五つ角に出る。左の角を曲がると大きな石垣がある家が続く。大久保君は一メートルくらいうしろを黙って付いてくる。ビー玉のような目で前のほうをじっと見ている。何を話しかけたらいいのかわからない。

大谷石の小さな門のある家が見えてきたとき、門から茶色の犬が飛び出して来た。尻尾を振りながらこちらに走ってくる。それを見ると、大久保君は犬のほうに駆け出した。門のところに、お婆さんが立って大久保君を迎えていた。

そのころ杉並区の小さな町では、犬を放し飼いにしないようにという決まりが出来た。犬を鎖でつながないと野犬狩りで連れて行かれるといわれるようになった。

私の家でも黒と白のぶち犬を飼っていた。放し飼いにしていたが、近所から庭を荒らして困ると苦情が出て、仕方なく鎖でつなぐようになった。夜になるとつながれた犬が悲しそうに吠えた。その声がうるさいとまた苦情が出た。

明日から夏休みという日、大久保君は図工の時間に作ったナツツバキの実の笛をひとつくれた。唇を穴のところに付けて吹くとボオといういい音がした。ぼくの犬は、この笛の音が好きなんだ、これを吹くと遠くからでも走ってくると大久保君はいった。でも、これからはそれもだめになる、犬をつなぐことになったからと悲しそうな顔をした。大久保君の家のほうでも近所がうるさいらしい。

夏休みに入ってから、大久保君の家に遊びに行った。学級委員をしている中村さんという女の子が一緒だった。お婆さんがいて、ちらし寿司を出してくれた。応接間のソファに座って、大人になったような気分だった。

犬の鳴く声がした。窓から見ると、犬はツバキの木の下につながれていた。犬が土を掘るのでツバキが駄目になってしまうとお婆さんがいった。大久保君は犬のところにボウルに入れた水を持っていった。ナツツバキの実で作った笛を吹くと犬はうれしそうに尻尾を振った。

きみの家のところは犬どうしているのと大久保君が聞いた。つないでなんかいないよ、とウソをいった。のろまじゃないからね、うちの犬は。なぜそんなことをいったのかよくわからない。犬をつなげといいに来る近所の人に対する怒りがそんなウソになったのかもしれない。きみんところだってつながなきゃいいんだよ、と大久保君をけしかけるようなことまでいった。

犬が好きなら放してやればいいんだよ、大久保君はのろまなんだから、と帰り道にいうと、一緒に来た学級委員の女の子は、そんなことというもんじゃないわ、といった。

大久保君のお父さんは偉い軍人さんで、ずっと満州にいた、戦争が終って大久保君とお母さんは日本に戻ってきたが、お父さんはシベリアというところに捕まっている、お母さんは大久保君が三年生のときに死んでしまった。と中村さんは親に聞いたという話をしてくれた。それから少し黙ったあと、それに大久保君は頭の病気なのよと付加えた。

その夏はよく雷が落ちた。新生パンの原っぱのケヤキに落ちて、大きな枝が二つにざっくりと割れた。学校の裏の杉の木にも落ちた。商店街の建設中のアーケードにも落ちて工事の人が大怪我をした。

台風も多かった。毎年、夏休みになると、天祖神社で行われる祭りが、強い風と雨で中止になった。学校の校庭で開かれる納涼映画大会も流れた。

犬は夜になると悲しい声を出して吠えた。夜のあいだだけ犬を放すことにした。三日ほどたって、また近所の家から、犬をつなぐようにといってきた。母親はもう犬を飼うのをやめようといいだした。やめるってどうするのと聞くと、可哀そうだけど保健所に連れて行くといった。それで母と喧嘩をした。文句をいいに来る家には三年生の男の子がいたが、その子を新生パンの原っぱで見つけ、殴って泣かせた。母があとで謝りにいった。

夜、犬が鳴くと散歩に連れて行った。家から十分くらいのところに私立の高校があり、そこに忍びこんで犬を鎖から放した。犬はうれしそうにグラウンドを走りまわった。近所の、鎖につながれた犬が吠える声があちこちでした。

夏休みが終って新学期が始まったある日、大久保君は犬を学校に連れてきて、教室の窓の下の鉄柵のところに鎖でつないだ。

どうしたんだよ、のろま、とみんなが聞いても黙っている。先生が、犬を学校に連れてきちゃ駄目よ、犬だって可哀そうでしょ、といった。大久保君と一緒に、犬を大久保君の家まで連れ帰るようにいわれた。

鉄柵から犬を離すと、犬は喜んでじゃれついてきた。尻尾を振って飛びかかってくる。顔をペロペロなめようとする。大久保君が叱るように犬の名前を呼んだが、犬は大久保君のほうには行かずに相変らず、前脚で飛びかかってくる。不意に大久保君が校門に向かって走り出した。そして立止まるとナツツバキの実の笛を吹いた。その音に気がついた犬が大久保君のほうに走っていった。大久保君と犬は校門の向うに消えた。

それが大久保君を見た最後だった。

台風がいくつもきた。先生は、大久保君がお婆さんと他の町へ引越したといった。その日の休み時間、五つ角の商店街から通っている男の子が、のろまは犬を放し飼いにして、みんなに怒られたんだと話した。

のろま、犬を可愛がっていたろ、それでつないどきたくなかったんだ、それでいつも近所の人に怒られていた、台風の夜、のろま、自分の家の犬だけでなく、よその家の犬もみんな鎖から放しちゃったんだ、その犬が二年生の女の子を噛んで大騒ぎになったんだ。

学校の帰りに、大久保君の家にいってみた。雨戸が閉まったままになっていた。ツバキの木の下に、犬が掘った大きな穴があいていた。

うちの犬は放し飼いにしているよ、とウソをついたので、大久保君は他の家の犬まで放してしまった。のろまの大久保君は、近所の人にすぐ見付かってしまったのだ。

その夜、九州にまた台風が近づいていた。風が強くなって、庭の木がざわざわ鳴った。遅くまで犬が鳴きやまなかった。

五つ角

町のはずれに五本の道が交差する場所があった。町の人間はそこを「五つ角」と呼んでいた。「五つ角」の向うは隣りの町で、子どもにとってはそこから先きは見知らぬ、遠い世界だった。

「五つ角」の向うは学校の区域も違っていて、そこの子どもは同じ子どもなのにまったく違う国の人間のように思えた。

「五つ角」で交差する五本の道のうち私の知っているのは、自分の町の二本の道だけだった。あとの三本は別の町に入ってゆく道なので、その先きに何があるのかわからなかった。

「五つ角」までは時々行くことがあった。角のひとつのところに駄菓子屋があり、そこは当時子どもたちに人気のあった景品つきキャラメルの景品引換所になっていたからだ。キャラメルには野球の選手のカードが入っていてそれを一チーム分九人集めると、野球の道具と取りかえてくれる。グロブやバットにまでなることはなくたいていボールどまりだったが、それでも私たちはうれしくてボール一個分のカードがたまると「五つ角」の駄菓子屋まで出かけていった。

しかし、たいていの場合はその店のところまででそれから先き、三本の道の奥へと入ってゆくことはしなかった。とくに三本の真ん中の道は、そこから先きが上り坂になっていて見通しが悪く、近寄りにくい雰囲気だった。

私の町は国電と私鉄と二つの電車にはさまれていた。町の南に国電が走り、北に私鉄が走っていた。「五つ角」はちょうど二つの電車の線路の中間にあった。夏、「五つ角」に立つと、南からの風に乗って国電の音が聞えてきた。逆に冬には、北からの風に乗って私鉄の音が聞えてきた。とくに見知らぬ三本の道のなかの真ん中の道からよく、私鉄の電車の音が聞えてきた。

「五つ角」の真ん中の道に二度だけ入っていったことがあった。

最初は夏だった。私の町は「雷の通り道」と呼ばれたほど夏になるとよく雷が鳴った。はげしい夕立とともに空が大音響をたてた。光が何本も空を走った。

ある日、ものすごい音とともに雷が落ちた。すぐ近くの感じだった。翌日、昨日の雷は「五つ角」の向うにある変電所に落ちたらしいという噂が広がった。友だちのなかには大人に連れられてもうその現場を見に行ったというものもいた。

私たちも変電所に行こうということになった。仲間四、五人といっしょに「五つ角」に向かった。そこから先きは見知らぬ町だった。私たちは緊張しながら坂道をのぼっていった。変電所までは一キロほどあった。草原のなかに、鉄塔が何本か立っていた。電線が風にぴゅうぴゅう鳴っていた。近づいてよく見るとたしかに鉄塔の一本が黒く焼かれていた。何人かの作業員がそれを修理している様子だった。変電所のまわりには私たちだけでなく、やはり噂を聞いて集まってきた子どもが何人もいた。みんな見知らぬ顔だった。私たちはお互いに相手の顔を見ないようにしていた。そしてただ鉄塔を見上げていた。鉄塔の先きには、また夕立が来そうな暗い空があった。大きな黒い雲がいくつも空を走っていた。

私たちは誰ともなく「帰ろう」といって黒い雲に追われるようにしてそこから立ち去った。「五つ角」に着いたころには大粒の雨が降り出した。

二度目に「五つ角」の向うに行ったのは冬、母に連れられて病院に行った時だった。「五つ角」からその道に入ってしばらく歩いた左側に、杉の木に囲まれた小さな病院があった。夜、そのそばを通ると女の人の泣き声や子どもの泣く声が聞えてくるという話が子どもの耳にもよく入ってきた。だから母といっしょとはいえその病院に行くのは気が重かった。私は母のあとから風呂敷包みを持ってゆっくり歩いていった。

病院には、私の家で働いていたお手伝いの女の人が入院していた。二十歳くらいのきれいな女の人だった。私はなんの病気でその人が入院しているのかはわからなかった。病院に入ると母だけが病室に入って、私は廊下で待っていた。その病院は産婦人科で、廊下には赤ん坊の声が聞えてきた。夜、この前を通ると聞えてくるという子どもの声はこのことなのだなと思った。

母が入った病室からは赤ん坊の声は聞えてこなかった。かわりに女の人の泣く声が聞えた。やがて母だけが病室から出てきた。母はいつになく厳しい顔をしていた。

私たちは黙って「五つ角」に向かって坂をおりていった。「五つ角」に来たとき、私の家に向かう道のほうから聞きなれた国電の音が聞えてきた。

塔

夜になると塔のなかには人はほとんどいなくなった。観光客も職員もいなくなり塔のなかは人の帰ったあとの劇場のようにがらんとなった。

夕暮れどき私は坂をのぼって塔のなかに仕事に出かけた。塔を出た人たちが坂を降りて地下鉄の駅に向かうのとは反対に、ひとりで塔に向かって坂をのぼっていった。

塔は東京でいちばん高い電波塔だった。塔のなかに展望台や蠟人形館やレストランと並んで大きなコンピュータの部屋があった。そこが仕事場だった。

二十代の終わり頃、私は一時、コンピュータのプログラマーをしていた。大学を卒業してはじめジャーナリストになった。しかしある事件を起して会社を辞めた。それからしばらく人に会う仕事をしたくなくなった。一日じゅう誰にも会わずにすむ仕事をしたかった。それで知人が経営している小さなコンピュータの会社に入った。もちろん何の知識もなかったのではじめの何カ月間かは会社に行きコンピュータの本を読み、プログラムの勉強をした。私より年下の、その会社のなかではいちばん力のあるSというプログラマーが先生になってくれた。

半年ほどたってどうにかプログラムが組めるようになった。Sの指導で実際にコンピュータを動かす仕事をはじめた。

その会社は小さな会社だったのでコンピュータを持っていなかった。それで貸コンピュータというのを利用していた。コンピュータを持っていない会社が東京にはたくさんあってそのために貸コンピュータ業があるということをその時はじめて知った。

会社が契約していた貸コンピュータ会社がその塔のなかにあった。どうしてそんな会社が展望台や蠟人形館と並んであったのかは知らない。ただ電波塔にはコンピュータがよく似合った。

私たちがコンピュータを使うのは夜中だった。夕方の六時から明け方の六時までの十二時間が私たちの会社に割当てられた時間だった。なぜそんな時間になったか、理由は簡単で深夜はコンピュータの利用料金が安かったからだ。冬のあいだSの指導で週に何度かその塔のなかのコンピュータ室で仕事をした。

夜の十時も過ぎると塔のなかにはもう私たちの他はほとんど人がいなくなった。広いコンピュータ室はすべてが機械で制御された無人の工場のようにがらんとなった。コンピュータが作動する静かな音だけが聞えてきた。

仕事の合い間にひとりでよく窓から眼下の夜景を見下ろした。塔の上にいると、空に浮かんだ大きな宇宙船のなかから町を見下ろしているような気がした。

暗い闇のなかで家の灯りがきらきら光っている夜中の風景もきれいだったが、いちばん好きだったのは夜明けとも夜の終りともつかない冬の朝六時ごろの仄暗い風景だった。暗闇が次第に明るくなり薄い、透き通った空気のなかに家々の形がぼんやりと見えてくる。電気の光が朝の自然光のなかで次第に力を失なってゆく。その時間、町は大きなガラス玉のなかに入ったように見えた。

ある時、私は遠くの坂の上の住宅街らしい一画にいつも明け方まで灯りがついている家があるのに気がついた。夜のうちはどの家にも光があるから目立たないが、夜中になり周囲の光がひとつひとつ消えてゆくとその家の光だけが目に入ってきた。二時、三時を過ぎても光はついていた。六時になってもついていた。

受験勉強でもしている学生の部屋なのだろうか、部屋の電気をつけておかないと眠れない暗闇恐怖症の老人の部屋なのだろうか。塔に行く日はガラス窓からその光を見るようになった。

夜明けに仕事を終えて帰るときいつも、最後にもう一度窓から下の町を見ると相変らずその灯りだけが光って見えた。夜明けの、次第に白んでくる空気のなかで光は淡く消えかかって見えた。

二度、その家を探しに行ったことがあった。一度は明け方、仕事を終えたあとひとりでその家があると思われる一画に行ってみた。塔を出て坂を下り、また坂を上がったところに静かな住宅街があった。石畳を歩く靴音がはばかられるほど静かなところだった。緑に囲まれた屋敷が何軒も続いていた。しかしそのなかに探していた家はなかった。

二度目は夜中に塔を抜け出して坂の上に行ってみた。夜中もその一画にはほとんど人通りがなかった。いまどこかの部屋で起きている人間がいたらその息づかいが聞えるのではないかと思ったほどの静けさだった。しかしその時も灯りのついている家を探し出すことはできなかった。帰り道、坂の途中から塔を見上げた。いつも私が立っている窓ガラスのところに人影が見えた。人影は私のほうを見下ろしていた。それはSのようにも私自身のようにも見えた。

シャムのおばさん

　私たち子どもはその老婦人のことを「シャムのおばさん」と呼んでいた。二匹のシャム猫を飼っていたからなのと、顔がどことなく日本人離れしていたからだ。ロシア人の血が入っているという噂もあった。

「シャムのおばさん」はアトリエのある小さな洋館にお手伝いの女の人と二人だけで暮していた。庭にはいろいろな花が咲いていて女の子たちは「花のおばさん」とも呼んでいた。「シャムのおばさん」は子どもがあまり好きではないようで、私たちと道で会っても笑顔をほとんど見せなかった。近所の人たちとも深くつき合おうとはしなかった。

　瀟洒な洋館に住んでいるから金持かというとそんな感じもしなかった。寒い時にはいつも同じショールを肩に掛けて散歩していた。なんの仕事をしているのか、どういう暮しをしているのか誰もよくは知らなかった。

「シャムのおばさん」の二匹のシャム猫の名前はアリスとテレスといった。夕暮れどき「シャムのおばさん」は外に遊びに行ってなかなか帰らない猫を「アリス！」「テレス！」といって呼んでいた。

アリスとテレスには宿敵がいた。黒い大きな野良猫で、見るからにふてぶてしい感じがした。野良猫はよく「シャムのおばさん」の家に忍び込んではシャム猫の食事を頂戴しているようだった。それを発見するとお手伝いの女の人が竹の棒切れを持って野良猫を追い払った。

「シャムのおばさん」の家では、この野良猫のことをグロムイコと呼んでいた。そのころの北の大国の政治家の名前からとったらしかったが、その名前はいかにもふてぶてしい野良猫に似合っていて、私たち子どももいつのまにかその猫をグロムイコと呼ぶようになった。私たちはなんとなく二匹のシャム猫よりもグロムイコのほうを応援していて、グロムイコが「シャムのおばさん」の家から首尾よく逃げてくると拍手を送った。

「シャムのおばさん」の家の門には表札がかかっていた。それは男の名前のものだった。母は、それは高名なロシア文学者で「シャムのおばさん」の夫だったが戦争で死んでしまった、と教えてくれた。戦争が終ってから何年もたつのに「シャムのおばさん」はその表札をずっと掛けたままだった。そうしていると死んだはずの夫が戻ってくると思ったのかもしれない。

ある夏、私は「シャムのおばさん」の家に招かれたことがあった。ちょうど夏休みで、近所の子ども会で町内の掃除をすることになり、私がたまたま「シャムのおばさん」の家の周りの担当になり、草むしりをしたのだ。「シャムのおばさん」はそれで私に御礼をしたいといった。

初めて入る「シャムのおばさん」の家はとても静かでそして涼しかった。天井の高いアトリエがあったためと、木に囲まれていたからだと思う。

「シャムのおばさん」は私にビスケットとカルピスをご馳走してくれた。冷たいカルピスはまるで遠い外国から運ばれてきたもののように感じられた。それから彼女は古いレコードを聞かせてくれた。行進曲のようだったが、「シャムのおばさん」は「これはていせいロシアの国歌なのよ」といった。そのとき初めて「ていせいロシア」という言葉を聞いた。もちろんその意味はわからなかった。

夏が終って秋になった。私の家の庭にはカキやクリが実った。それをたくさんとった。私は母にいわれてとったカキのいくつかを「シャムのおばさん」の家に持っていった。

「シャムのおばさん」の家の庭には花がたくさん咲いていたが、カキの木やクリの木は一本もなかった。ただ花だけがあふれかえっていた。庭いっぱいにカキやビワやイチジクなど食べられる木ばかり植えている自分の家の庭とまったく対照的な「シャムのおばさん」の家の庭がとてもきれいに見えた。

カキをお手伝いの女の人に渡して家に帰ろうとした私は、門のところで、いつも掛かっていた表札がなくなっているのに気がついた。かわりに「シャムのおばさん」の姓だけを書いた表札が掛かっていた。戦争が終ってもう十年以上たとうとしていた。

それから私は大人になった。その町から別の町へと移った。ある時、町の名画座で古い外国の映画を見ていた。すると船が出航してゆく場面でどこかで聞いた曲が流れた。しばらくしてようやく何の曲だかわかった。昔、子どものころ「シャムのおばさん」の家で聞いた「帝政ロシア」の国歌だった。

その夜、ひとりで途中下車をして、子どものころの町を歩いてみた。家も路地も木もみんな昔よりも小さく見えた。「シャムのおばさん」の家はなくなっていて、そこには大きなマンションが建っていた。

始発電車

そのころ週に一回、明け方の町を歩くのを楽しみにしていた。

大学を出て新聞社に入社したてのころだった。はじめて配属されたところは出版校閲部だった。週刊誌の校正の仕事だった。週に一回、最終校了日というのがあって、その日はいつも仕事は明け方近くに終った。

その日は、明け方、ひとりで町を歩くことにしていた。当時、新聞社の建物は西銀座にあった。昼間は人と車でいっぱいになる銀座も夜明けの四時、五時には誰もいない、からっぽの町だった。

夜のうちはどぎつい色を見せるネオンが朝の空気のなかでは光を失なったように淡く頼りなげに見えた。信号機は車が一台も通らないのに作動していて、その光が点々と続いている大通りは飛行場の滑走路のように見えた。霧の深い朝など大きなビルは港に停泊している船のように見えた。

四丁目の交差点まで出るとカモメがキイキイ鳴きながらビルのあいだを飛んでいた。銀座は海に近い町なのだなと思った。実際、四丁目の交差点から晴海通りを南に十五分も歩くともう隅田川だった。その先きは東京湾だった。勝鬨橋の上に立つと、潮の香りがした。空気が気持よく張りつめていた。冬の朝の空気を形容するクリスプという英語の感じがわかる気がした。

そんなふうに一時間ほど町を歩いたあと東京駅から中央線の始発に乗って家に帰った。下り電車の始発にはいつ乗ってもほとんど客はいなかった。

三月ごろだった。まだ冬が残っている寒い日だった。いつものように最終校了日の明け方、町を歩いて東京駅から始発に乗った。みぞれのような雨が降っていて町を歩くにはつらい日だった。暖房のきいた車内に飛び込むとほっとひと息ついた。

車内には珍しく私の他に客が一人いた。同じ新聞社の人間だった。といっても私などからみるとずっと年上の大先輩の記者だった。やはり明け方に仕事が終ったばかりのようだった。ふつうの記者はみんな車を利用して帰宅するのに彼が電車に乗っているのが不思議だった。主義として車に乗らないという頑固な記者が何人かいるという話を聞いていたので彼もその一人かなと思った。私は彼とは離れて隅の席に坐った。こういうときはお互いに知らん顔をしているほうがいいと思った。彼は刷り上がったばかりの朝刊を読んでいた。私は電車が走り出すとすぐ眠ってしまった。

目を覚ましたのは新宿でだった。からっぽの車内にようやく人が乗ってきた。新宿で朝まで遊んでいたらしい男女が何人かとサラリーマンが数人だった。雨の降りが激しくなっていた。

なかにヒッピー風の男女がいた。当時新宿の町でよく見かけた風俗をしていた。シンナーか何かを吸っているのか、酔ったように言葉をたるませながら大声でわけのわからないことを喋っていた。乗客の少ない電車のなかでは目立つ存在だった。

大久保の駅を過ぎたころ、私のそばに坐っていた若いサラリーマンが突然、ヒッピー風の二人に、「うるさい」と怒鳴った。それだけではすまずに、席を立って二人のところに行って、何かケンカごしでいい始めた。背広姿のおとなしそうな男だけに、その怒りはどこか病的なものを感じさせた。

ヒッピー風の男は身体をふらふらさせながら席から立ち上がると、男の身体をこづいた。電車はちょうど大久保と東中野のあいだの大きくカーブするところにさしかかっていたので男はバランスを失なって床に倒れた。それが男をいっそう怒らせた。男は立ち上がって、ヒッピー風の男に殴りかかろうとした。

まずいことになるな、とめに入ったほうがいいかなと思ったとき、東京駅からずっと新聞を読んでいた先輩が立ち上がって彼らのところに行った。とめに入るのかと思っていたら、彼はいきなり、ヒッピー風の男が坐っていた席のガラス窓を開けた。激しい雨が一気に車内に吹き込んできた。彼は自分が濡れるのもおかまいなしにさらにガラス窓を三つほど開けると、そのまま黙って別の車輌に行ってしまった。

ヒッピー風の男も背広の若い男も彼の行動に気圧されて黙ってしまった。背広の男は別の車輌に行ってしまった。ヒッピー風の男は窓を閉めようとした。それを女の子がとめた。女の子は激しい雨のなかに気持よさそうに顔をさらした。髪が濡れても気にせず、ずっとそのままにしていた。二人は中野で降りた。降りるとき女の子は開いたままの窓をすべてていねいに閉めていった。

私はそれから二つ先きの阿佐谷で降りた。雨はさらに激しくなっていたが、雨のなかを走り出した。火照った頬に冷たい雨が気持よかった。早朝の人の姿のない町は雨に濡れて港のようだった。

川へ

「川に行こう」とM君がいった。中学生の最初の夏だった。M君は私と同級生だったが腎臓の病気で一年休学していたので年齢は私よりひとつ上だった。M君は工作がうまくていつもミニチュアの家や町を作っていた。大人になったら建築家になるのが夢だった。

「川に行こう」とM君がいったのは、彼が私に泳ぎを教えてもらいたがったからだ。M君は赤ん坊の時に空襲にあって背中のところに大きな火傷があった。そのために夏になってからも絶対に裸になることがなかった。学校でも水泳の時間はいつもプールサイドでみんなが泳ぐのを見学していた。

その夏、M君は自分も泳ぎを覚えたいといった。でも近くのプールは人がたくさんいていやだ、川まで行けば誰にも見つからないで泳げる、前に父親に釣りに連れていってもらった川を知っているからそこに行きたい、とM君はいった。

朝から強い日ざしが照りつける日、M君と私は電車に乗って川に行った。東京のはずれを流れる大きな川だった。河原にはトウモロコシやトマトがたくさん植えられていた。川にはほとんど人影がなかった。M君と私は、川の流れが池のような形でゆるやかになっているところを探して、そこで水に入ってみることにした。

M君は真夏だというのに真白な肌をしていた。河原のアシのかげでM君と私は海水パンツに着がえた。素足に、河原の石が焼けるようにあつかった。

私はM君の背中をなるべく見ないようにしていた。M君は火傷のことなんか気にしていないという感じで裸になった。

川の水は生ぬるかった。その場所は浅くてとても泳ぎは無理だった。といってもう少し深いところに行くと川の流れははやそうで危ない感じがした。しかしM君は、はじめて水のなかに入ったことで少し興奮して、もう少し深いところまで行ってみたいといった。

私はM君の手をとってゆっくりと川のなかのほうへ進んだ。水はだんだん冷たく、流れははやくなった。腰のところまで水がきたので少しこわくなりもう先きに行くのはやめようといった。M君も緊張して顔が青ざめて見えた。

私はそこでM君にバタアシの練習をさせた。M君の身体を水に浮かせて両手を私が持った。M君は足をバタバタさせる。それはとても泳ぎには程遠い形だったが、M君ははじめて水のなかで体を動かした喜びで、何度も何度もそれを繰返した。手を離すと沈んでしまうのでずっとM君の手を握っていた。

「もう一回」「もう一回」。M君は何度もそういってうれしそうに川のなかで身体を浮かせて足をバタバタさせた。私がその手をひっぱるようにして川の流れに従って進むと、泳いだ感じになってM君は「泳げた」「泳げた」と大きな声を出した。ただそうしているとM君の背中の火傷がいやでも私の目に入ってしまった。私はなるべくそれを避けようと遠くの風景を見た。川上のほうに鉄橋があってそこに電車が走っていた。私はそれを見ていた。

M君は私の視線に気がついた。そして「ああ疲れた。僕はもう充分楽しんだから岸で休むよ」といってひとりで岸に上がっていった。私はそのうしろ姿を見ないようにして川にもぐった。そのころは川はまだきれいで水のなかで目をあけると小さな魚がたくさん泳いでいるのが見えた。

その日から何日かたって、M君は私を家に誘った。M君の家は商店街の大きな材木屋だった。M君は一人っ子だったので自分だけの部屋を持っていた。店の二階にある部屋で窓から商店街が見えた。一階ぶん高くなっただけなのに、そこから見ると町は小さなミニチュアのように見えた。屋根、神社の杉、学校の校舎。いつもの町とはちがって見えた。ここから町を見ていると僕は自分が町を設計したようになるんだと、M君はいった。

その日、M君は私に木で作った町の模型を見せてくれた。家で売っている木材の残りを利用して作った木の町だった。学校もあったし、駅もあった。通りには車も走っている。M君の宝物だった。

M君はいっしょに川に行ってくれた御礼にその模型を私にくれるといった。私はそんな貴重なものはもらえないと断った。そしてかわりにいらなくなった木材の残りをたくさんもらった。そして私もその夏じゅうかかって小さな木の家をひとつだけ作った。

台風の前

　夕暮れに隅田川に架かる吾妻橋を渡った。六時をまわったところだった。ついこのあいだまでは六時といえばまだ明るかったのに、九月に入ったその日はすっかりあたりは暗く、夜といってよかった。

　吾妻橋のたもとのビルの上にある電光ニュースがもうはっきりと読めた。電光の文字は台風が東京に接近していると告げていた。橋の上に立つと川の風が強くぶつかってきた。川の水はいつになく波立っていた。鉄橋を渡る東武電車の灯りが川に映ってお盆の燈籠のように揺れていた。夏に吾妻橋を渡ったとき川の表面にクラゲがいっぱい浮かんでいたことを思い出した。それは海から流れてきたというより川の底から湧いてくるようだった。死んだ人の霊のようだった。いま波立っている川面を見ているとまた底のほうからクラゲが浮かんでくるように思えた。

吾妻橋を渡ったところは五つ角になっている。左の角にはアサヒビールのビヤホールがある。右の角には老舗の佃煮屋がある。そしてその角を入った通りの右手にK書房という小さな古本屋がある。

散歩の途中にその古本屋を見つけたのは一年ほど前だった。小さな店だったので期待しないでなかに入ると思ったよりずっと本が多くそろっていた。ちょうど私が二十代のころに読んだ本が多かった。留守番をしているというお婆さんにこの店の主人は私と同じ四十歳くらいではないかと聞くとそうだという。それで親近感を持って浅草に来たときは足を伸ばしてここに立寄ることが多くなった。いつ行っても客は私しかいなかった。閉まっていることも多かった。私と同じ年齢の主人は月の売り上げが家賃の半分にもならないのでそろそろ店閉まいするつもりだといっていた。

はたしてその夜もK書房は閉まっていた。仕方なく付近をぶらぶらしていたらちょうどバス停のところに吾妻橋を渡ってきたバスがとまった。青戸車庫行きとあった。知らない町だった。急にその町に行ってみたくなってバスに飛び乗った。ひとつだけ空いていたいちばんうしろの席に坐った。意外なことにそこには外国人の青年が三人坐っていた。はじめ、どこの国の人間かわからなかった。西洋人ではない。アジア人のようにも見えない。言葉も全然わからない。彼らは秋葉原あたりで買物をしてきたらしくそれぞれ電気製品の箱をかかえていた。

バスは業平橋、押上を通り墨田区を北上して走った。客は降りる人ばかりでやがてバスのなかはその外国人の青年たちと私ぐらいしかいなくなった。バスが細い商店街に入ったとき青年のひとりが私にたどたどしい日本語で話しかけてきた。紙に書いた地図を私に見せ、ヤヒロという町に行きたいのだがこのバスでいいのかという。ヤヒロは八広町のことだった。私は以前よく曳舟界隈を歩いたことがあって八広町も多少は土地鑑があったので青年の見せてくれた地図にある家まで案内してあげようといった。彼らがどこに行くのか興味があった。

私と青年たちは八広町の商店街でバスを降りた。地図に書いてある家はそこからすぐの路地裏だった。途中、私は彼らがイラン人であることを知った。アメ横と秋葉原での買物が目的で日本に来たという。小さな八百屋のある角のところで彼らはここまで来たらあとはわかる、ありがとうといって路地のほうへ歩き出した。私は彼らがどこに行くのか好奇心にかられて少し距離を置いてあとをつけてみた。細い路地を二つほど曲ったあと彼らは木造二階建ての簡易アパートのなかに入っていった。イランの学生寮かなにかなのかなと思って表札を見たがふつうのアパートらしかった。

ホテルに泊る金が惜しいので共同でこういうアパートの部屋を借りて交代で日本に買出

しに来ているのだろうか。こんな東京のはずれの路地裏にイラン人が部屋を借りていると は意外だった。

路地を歩いてもとの商店街に戻った。ふと自分がイランの町の路地裏をひとりで歩いて いるところを想像した。いまごろもうひとりの自分が異国の町の狭い道を歩いているよう な気がした。そのもうひとりの自分のあとを追って歩いてみたいと思った。

台風が近づいているらしく風が強くなっていた。商店街の街路樹がざわざわ鳴っていた。早々に店閉まいしているところが多かった。この商店街を北に少し歩くと荒川の堤にぶつ かるはずだった。夜の荒川はまだ見たことがなかった。荒川に向かって歩き出した。雨が いまにも降り出しそうだった。

堤の上に立つと目の前に黒い大きな川があった。河川敷にはススキも見えた。人工の放 水路なのに作られてからもう五十年以上たっているので自然の川のように見えた。見渡す 限りどこにも人影はなかった。雨が降り出し始めた。自分がこの夏、子どもの頃に死んだ 父親の年齢を一つ上回ったことを思い出した。

都電から見える家

中学生になってはじめて電車通学をするようになった。定期券を持って電車に乗るのが大人になったようでうれしかった。

中央線の阿佐谷から信濃町まで行く。そこで都電に乗りかえる。この都電に乗るのが楽しみだった。四谷三丁目と品川を結ぶ七番系統の都電だった。

信濃町から学校までの都電の駅は、権田原、青山一丁目、青山斎場前、墓地下、霞町、そして日赤産院下だった。ここで降りて長い坂をのぼりきったところに学校があった。

青山斎場から墓地下に向かう途中から都電は専用軌道に入った。ここに来ると運転手は車のことを考える必要がないのでスピードをあげた。墓地下、霞町、日赤産院下、とあとはずっと専用軌道が続いた。

青山斎場前を過ぎてこの専用軌道に入るところの右側に不思議な建物があった。少し小高くなった広い敷地の中央に小さなビルがぽつんと、丘の上の一軒家みたいに建っている。そのうしろは青山墓地になっている。建物は人の住んでいない廃墟のように見えた。

あの建物はなんなのだろう、と都電に乗っている私たち通学生は不思議に思った。墓地に接している建物だから遺骨の保管所ではないだろうか。不思議な死に方をした人間の死体解剖所ではないか。人間嫌いの科学者が住んでいるのではないか。中学生たちは勝手にいろいろ想像した。

そのころテレビで「月光仮面」が放映されはじめた。私たちは毎回、夢中になって、白いマフラーをなびかせながらオートバイに乗って東京の町を走る月光仮面を見た。

ある時、あの専用軌道の入り口にある建物が「月光仮面」に出てきた。それは地球の破壊を狙う、マッドサイエンティストのひそかな隠れ家ということになっていた。墓地を背後にして小さな丘の上に建つビルはいかにもそれにふさわしかった。その建物のなかに捕われの身となった少年と少女を助けに月光仮面がオートバイでかけつける。そのシーンは都電が走っている青山一丁目から青山斎場前の通りで撮影されていて、月光仮面は、都電と同じようにまず右に曲がり次に左に曲がった。

次の日、都電のなかで私たちはその話に夢中になった。月光仮面が私たちの乗る都電と同じ道を走った。私たちがいつも不思議に思っていた建物が、マッドサイエンティストの研究所として出てきた。私たちはそのことで興奮した。

中学の一年生のころは、まだ途中下車の楽しみを知らなかった。電車に乗るときはいつも目的地までまじめに乗った。しかし二年生にもなると通学に慣れて途中下車をするようになった。

ある土曜日の午後、私は友人と二人で、学校の帰り、土曜日で時間がたくさんあるから、都電に乗らずに、信濃町まで歩いてみることにした。ちょっとした冒険だった。台風が近づいていた秋のころだった。日赤産院下から三つ目の墓地下についたあたりでぽつりぽつりと雨が降り始めた。友人はもうここまでにしようといった。墓地下から先きは左側は青山墓地、右側は米軍基地で人の姿がほとんどなくなる。しかも基地の周辺のフェンスのところには、都電の線路すれすれに何をしているのかわからない人たちのバラック小屋が何軒か建っている。

友人はこの先き歩くのはもういやだ、自分は墓地下から都電に乗って帰りたいといい張った。私は、ここまで来たらもうひと駅歩いてみたかった。あの、いつも都電のなかからしか見たことがない不思議な建物をそばで見たかった。

墓地下で友人と別れてひとりで青山斎場前まで都電の専用軌道を歩き出した。空は暗くなってきた。雨が次第に大粒になってきた。バラック小屋の前を通り過ぎる時には自然に早足になっていた。

　雨を避けるために木の多い墓地のなかに入った。墓と墓のあいだの迷路のような細い道を青山斎場のほうに向かって走った。突然、目の前に、大人の大きな身体があらわれた。一瞬、死んだ人間が雨のなかで生きかえったのかと思った。よくみると墓石の上に作られた、等身大の銅像だった。

　墓地のなかを青山斎場前に向かって逃げるように走った。墓地を通り抜けると道はアスファルトの自動車道になった。足の下に固い道を感じてようやく安心した。そこはちょうどその建物の前だった。近寄って門の表札を読んだ。役所の研究所だった。ああやっぱり「研究所」だったんだと納得した。

　それから土砂降りの雨のなか、百メートルくらい先の青山斎場前の駅まで全力疾走した。都電が雨のなかからあらわれた。

埋立地

海岸沿いの倉庫をいくつも通り過ぎた先きにまだ整備が終っていない埋立地が広がっていた。いたるところに雑草がはえていてこれから倉庫が建てられてゆく場所なのにすでに見捨てられた空地のように見えた。ただ道路だけは立派なものが作られていた。小型の飛行機が着陸できそうな幅の広い道路が雑草のあいだを四方にまっすぐに伸びていた。

埋立地の向うに飛行場があり、離着陸する飛行機が小さく見えた。音は埋立地のところまでは聞えてこなかったので飛行機は銀紙で作った玩具のように見えた。埋立地の左手には飛行場と都心の駅を結ぶモノレールが走っていた。

大学を卒業して新聞社に入社した。いわゆる就職浪人だったので夏に就職が決まるとすぐアルバイトという形で新聞社に務めるようになった。そのころ私は車の免許を持っていなかった。仕事場でその話をすると二年先輩のKという記者がそれなら教習所に行くより自分が教えてやるといった。Kは乗り物が大好きでグライダーの操縦もできるということだった。

Kは自分の車に私を乗せると埋立地に連れていった。そこで運転を教えてくれた。K自身も学生時代、そこで運転を覚えたという。

私たちは早朝、会社で待ち合せ、車で埋立地に行った。会社から十五分ほどしかかからなかった。ふだんでも人の通りや車が少ないところで早朝にはほとんど誰もいなかった。夏のあいだ少なくとも週に一回は私たちは埋立地に行った。雑草のおい茂った埋立地のあいだの道路を走っているとときどきそのまま迷子になってしまうのではないかという不安にかられた。夏の終りにはどうにか一人で車を動かせるようになった。

埋立地には野犬が多かった。道路に突然犬が飛び出してきてひいてしまいそうになることがよくあった。それでも犬たちは私たちにほとんど無関心で埋立地のなかを縦横に走っていた。なかには首輪をした犬も何匹かいた。逃げてしまった飼犬かもしれなかった。

中学のころからの友人のSがドイツに行くことになったのはその夏の終りだった。Sは大学に入って学生運動の活動家になった。Sは理科系の人間でSF小説を読むのが大好きという子どもみたいなところのある男だったので学生運動に加わるとは意外だった。

私とSは違う大学に進学したが家が近かったのでよく会った。Sは私とはほとんど政治的な話をしなかった。私が映画や音楽が好きな人間なのを知っていたのであえて私を政治活動に誘いこむようなことはしなかった。彼のほうもまわりじゅう政治的な人間ばかりだったので私と会うことで息抜きをしたかったのかもしれない。

二人でよく新宿の町に行った。伊勢丹の向いにあったアートシアターやシネマ新宿でポーランド映画やスウェーデン映画を見た。二人ともカラーシネスコのハリウッド映画を見て育ってきたのでヨーロッパ映画の白黒スタンダードの世界がかえって新鮮に見えた。地味な白黒スタンダードを見ると大人になったような気がした。

大学四年の夏には当時名アルバム「至上の愛」を出して人気絶頂だったジョン・コルトレーンが死んだ。しばらくは新宿のジャズ喫茶ではコルトレーンばかりかかっていた。夏の終りSと私はジャズ喫茶で徹夜した。店を出るともう町は朝になろうとしていた。Sと私は西口の浄水場のあとに行った。そこはやがては高層のビル街になるところだった。そのころは長い間あった浄水場が取り壊されて雑草がおい茂る荒地になっていた。Sと私はその茫漠とした風景を黙って見た。遠くを野犬の群れが走っていた。

Sはやがて学生運動を離れた。そのころすでに始まっていた内ゲバに嫌気がさしたようだった。それにS自身もともとは政治的な男ではなかった。SはまたSF小説と物理学の世界に戻っていった。

その夏の終りSはドイツのマールブルグ大学に素粒子論を学ぶために留学することが決まった。

私は羽田空港にSを見送りに行った。大学では学園紛争がはげしくなっているころだった。私はSの飛行機が滑走路を飛び立つまで見送った。それからモノレールに乗った。高架のレールを走る電車のなかからあの埋立地が見えた。雑草がどこまでも広がり荒れた海のように見えた。雑草のなかを野犬の群れが何かに駆りたてられるように走っていた。その先きには黒い海があった。

路地の町

川を渡って三つめの駅で降りた。乗降客の数は多いのにどこか寂しい感じの駅だった。古い木造の建物だったからかもしれない。改札口の傍の掲示板には近くの町工場の工員募集の求人広告が何枚も張ってあった。

駅を降りると小さな店が肩を寄せ合っている路地裏のような商店街があった。家族でやっている商店ばかりのようだった。店先きにほおづきを吊るしている八百屋で図書館への道を聞いた。初老の主人が信号の先きだと教えてくれた。日は沈みかけていたが昼間の暑さがまだ路地のあちこちに淀んでいた。図書館は商店街がつきたところにあった。建てられてからもう何十年もたつような二階建ての古ぼけた図書館だった。途中で建増ししていったらしく建物全体は調和を欠いていた。

大学時代の同級生で同窓会の幹事をしている弁護士のSからKの消息を調べてくれと頼

まれたのは夏の始めだった。Ｋとは大学時代私がいちばん親しくしていたからだ。Ｋは私たちのクラスのなかではまったく目立たない男だった。ほとんど誰とも口をきかなかった。ただ五十音順に並べられた語学教室の席で私と隣り同士になったので私とだけはよく話をした。南の島の出身で時々、島の生活のことなどを話してくれた。大学を卒業してクラスの大半は弁護士になったり大企業に就職したりしていったのにＫだけは墨東の区役所に勤めるようになった。

Ｋとは大学を卒業してからほとんど付き合いがなくなったが、五年ほど前、突然、電話をもらった。墨東の区立の図書館にいるのだが、そこで講演をしてもらえないかという依頼だった。私は久しぶりにＫの顔も見たかったので仕事を引き受けた。

講演会は寂しいものになった。聞いている人間は二十人ほどしかいなかった。そのうちの半分は近所の老人たちでカタカナの多い私の話にあくびをしていた。話せば話すほど私は自分の言葉が空しくなって予定より二十分近くも早く話を終えた。まばらな拍手が起ってみんなぽつり、ぽつりと帰っていった。Ｋはさかんに恐縮していた。その夜はＫのアパートに行って酒を飲んだ。Ｋは独身だった。窓を開けると隣りのアパートが手の届くところにあるような一画だった。Ｋは大学時代よりさらに口が重くなっているようだった。何か政治的な挫折をしたというのでもないし、恋愛に失敗したというのでもない。Ｋは生まれたときからもう周囲と折り合いがつかないでどう言葉を使ったらいいのかわからないような人間だった。自分は受験勉強をしていた時代がいちばん幸せだった、あのころは人とつきあう必要もなくてひとりで勉強だけしていればよかったから、とKはいった。驚いたことにKの本箱には昔使った受験参考書が何冊もまだ置いてあった。

それからKとは年賀状をやりとりしていたがやがてまた前のようにいつのまにか疎遠になってしまった。夏の始めにSから電話があったとき、SはKの勤めている図書館に問合せたがKの消息について要領の得ない返事しかもらえなかった、だから私に直接行って調べてほしいといった。

古ぼけた図書館の一室で私は館長に会った。テーブルの花びんに周囲の雰囲気とおよそ不似合なひまわりが一輪さしてあった。館長は私が以前、講演をした時とは人が代っていた。初老の物静かな男だった。彼はKが一年以上も前に死んだと私にいった。心のどこかで予想していたことなので驚かなかった。自殺ですかと聞こうとしたが言葉にできなかった。ただ死因はとだけ聞いた。館長は心臓発作でしたといった。三日ほど何の連絡もなく図書館に出てこなかったので職員が彼のアパートに行ったら部屋で死んでいた――。

館長に礼をいって図書館を出ようとすると彼は私を呼びとめて、友人なら遺品のかわりに持っていってもらいたいものがあるといった。一本の傘だった。Kはいつもこれを図書館の自分の席に置いたままにしていたという。傘をもらって帰ることにした。

町を歩きたかった。電車に乗るのはやめて川まで歩くことにした。地図を見るとそんなに距離はなかった。軒の低い家がひしめきあっている薄暗い路地がいくつも重なり合うようにして続いていた。野球中継のラジオの音があちこちの家から聞えていた。夕食の仕度をしている部屋の様子が丸見えになっている家が何軒もあった。家のなかの人間と視線が合うと何か悪いことをしたようで気が重くなった。なるべく家を見ないようにして路地から路地を抜けて歩いた。

ようやく川に出た。対岸の建物の灯りや高速道路の街灯が川面に映ってゆらゆらと揺れていた。お盆が近いせいか川辺の地蔵のところに野菜や果物がそなえられていた。橋を渡って都心へと歩いた。橋の真中に立つと川風が心地よかった。私はKの傘を開いてみた。それは黒い無地の傘だった。

救済の風景

知らない町に行きたかった。まだ一度も行ったことのない町に行きたかった。それもできれば川沿いの町を選びたかった。

以前、よく行った川沿いの町にはもう行きたくなかった。その町にはいい記憶がたくさんあったのにどれももう壊れ、失われてしまった。その町に行くといい記憶とともにそれが壊れたときの痛みをいやおうなく思い出してしまう。それがいやでその町から次第に足が遠のいた。おそらく町というものは個人の記憶とともに近づいたり遠去かったりするのだろう。

むかし見たアメリカの小さな青春映画をよく思い出す。若い恋人同士がいる。男の子がある思いもかけない事件の犠牲になって自殺する。残された女の子はショックを受け、ひとり住み慣れた町を出てゆく。彼女は生まれ育った町を愛しているにもかかわらず、そこに住み続けることはもうできない。美しい記憶が壊れてしまったから。最後に町を出てゆく女の子がこんなモノローグをしたのを覚えている。

「まだ見たことのない空。まだ行ったことのない町。まだ会ったことのない人。それはまだ私の失われていない世界」

そういって彼女は「まだ行ったことのない町」を探しに町を出てゆく。拙い青春映画だったが、その彼女の最後の言葉が強く印象に残った。いい記憶が失われてしまったとき、誰でもまた再生するためには「まだ行ったことのない町」が必要になるのだろう。まだ失われていないイノセンスを夢みたくなるのだろう。

その町は東京の西を流れる大きな川の河口にあった。

川の向うにはコンビナートが見える。こちら側の先きには飛行場があり、巨鳥のように羽根をひろげて飛びたったり、着陸したりしている飛行機が見える。海が近く潮の匂いがする。大きな川に流れ込む掘割のような小さな川に釣り舟が何隻か浮かんでいる。都心に向かう二輛連結の玩具のような電車が走っている。河口の町が終着駅になっている。ホームがひとつだけの駅はいつもがらんとしている。町は人家がまばらで昼間でも車は走っているが人の姿はほとんど見えない。いずれ飛行場が拡張され、町はなくなってしまうという。

はじめてこの町を歩いたとき懐かしい既視感を感じた。「まだ行ったことのない町」はここだと思った。春になってから何度かこの町に行った。川べりに三階建ての小さなビジネスホテルがあった。そこに泊まった。飛行場で働く人間と釣り人が主な客だった。いつも空いていた。部屋にこもって本を読んだ。疲れると窓から河口を見た。水はいつも人の心を静ませてくれる。

「海でも川でもそこに水があれば私は惹かれる」という、いまではほとんど忘れられているNという作家の言葉を思い出した。Nは九州の小都市に住み、川や海の静かな風景によってのみはじめて慰藉される孤独な人間を好んで描いた。人と人の関係よりも人と風景の関係の方を愛した。そして六年ほど前まだ四十代の若さで急逝した。

この町を知ってからしばらく忘れていたNの本を読みかえしてみた。どの作品にも川と海が描かれていた。河口を描いた小品もあった。会社を追われるようにして辞め、親しい友人も失ったカメラマンがある日、かつて行ったことがある河口に行ってみる。決して美しいところではない。湿地がある。泥地がある。枯葦の原がある。干潟には廃船が捨てられたままになっている。空には群れを離れた漂鳥が飛んでいる。にもかかわらずNはその寂しい河口の風景に心惹かれる。

「河口は懐かしかった。すべてを失っても自分には河口がある、と思った。それは男の救いになった。懐かしさには少年期を回想するときの慰めもまざっているようであった」

Nが見たその河口をいつか見たいと思った。自分がもうNが死んだ年齢に近づいているのを知った。


早朝、ホテルから外に出てみた。ホテルのすぐ前はもう大きな川だった。河口だった。干潮のためかいつもより水位が低かった。ところどころに干潟が見え、そこにカモメらしい鳥がいた。飛行場から朝一番の飛行機が飛び立つのが見えた。姿は見えるけれど音はまるで聞えてこない。書き割りのなかの一場面のように見えた。天上と地上は互いに無関係である。私はただ見る者に徹していられる。この寂しい風景のなかにいてどこか心が落着くのはそのためなのだと思った。

いったんホテルに戻り、チェックアウトをした。私と同じくらいの年齢のフロントの男が「もうじき飛行場の施設がこちらにも拡張される。そうなればここも終わりです」といった。河口は朝の光をあびてどこまでもまぶしかった。

朝、川へ

朝一番の井の頭線に乗った。乗客は私を入れて四人しかいなかった。外はまだ暗い。乗客がいないせいか電車の音がいつもよりずっと大きく聞えてくる。終始、鉄橋の上を走っているようだ。駅に着く。ホームにはほとんど誰もいない。電気の光だけが淡く光っている。人の姿のないホームほど寂しいものはない。電車はまだ明けていない町を走ってゆく。夜でもないし朝でもない、薄明かりの町が近づいては消えてゆく。

渋谷で地下鉄に乗り換えた。ここでも乗客はほとんどいなかった。私の乗った車輌には登山姿の老夫婦がいるだけだった。おそらく浅草まで出て、そこから東武鉄道に乗り日光か奥鬼怒の山に紅葉を見に行くのだろう。私はずっと本を読んでいた。がらんとした電車のなかは静かな図書室だった。

――十月にニューヨークから帰ってから一週間ほど時差ボケで生活のリズムが狂ってし

まった。明け方の四時ごろに目が覚めてしまう。もともと朝型でふだんも六時ごろには起きるのだが四時というのは少し早過ぎる。一度目が覚めてしまうと頭がさえて二度と眠れなくなってしまう。

三日ぐらいそんな状態が続いたあと、ある朝、どうせ早く起きたのだから早朝の町に出てみようと思った。東京の東を流れる大きな川を見に行こうと思った。そして朝一番の井の頭線に乗った。

地下鉄は浅草に着いた。昼間はにぎやかなこの町も、朝の六時にはまだ人の姿はほとんどなかった。吾妻橋で隅田川を渡った。秋の遅い朝日がようやく町並みの上にあがって川の面がススキの穂のように白く光っていた。

吾妻橋を渡り少し歩いて押上の駅から京成押上線に乗った。ここから二つ目の駅が荒川で、そこは駅を降りるとすぐ荒川の土手になっている。土手の上に立つと広い川の風景が一気に広がる。川を見たくなるとよくひとりでここに来る。しかしいつもは夕暮れ時でこんな早朝に川に行くのは初めてである。京成押上線の荒川駅で降りたのは私ひとりだった。しかし駅にはそろそろ出勤するサラリーマンや学生たちの姿が目立ち始めていた。都心に向かう彼らとは逆方向に踏切を渡り改札口を出た。この駅はほとんど荒川の土手の上に建っているといっていい。駅を出ると秋の朝の冷たい風が吹きつけてきた。

土手に立つと目の前に川の風景がパノラマのように一気に広がった。河川敷にはススキの穂が揺れている。鉄橋がある。そこを朝の通勤電車が大きな音を響かせて走ってゆく。鉄橋の向うには高速道路が見える。

十代の終わりに見た映画で忘れられないものに『夜行列車』というポーランド映画がある。大きな都市を夜に出発した列車が夜明けにバルト海に面した小さな海の町に着くまでのあいだ、列車に乗りあわせた乗客たちの孤独な心情を描いた映画だった。大学受験の浪人の頃に見たせいか、その夜から明け方までの風景と、列車のなかの「不眠症」の乗客たちの疲れた表情がまっすぐにこちらの心のなかに入ってきた。

荒川の土手の上に立って鉄橋を渡る電車を見ていると、自分が夜行列車の「不眠症」の乗客に思えてきた。時差ボケで時間の感覚が不安定になった状態にいる自分にとって、いまは朝なのだろうか、夜なのだろうか。早く眠りたいという気持と、このままずっと起きていたい、起きているという意識もなく起きていたいという気持がいっしょになって自分で自分がわからなくなる。

土手を歩いて駅に向かう人の姿がふえてくる。普通の生活の外側にいて早朝ひとりでこんなところに立っている自分がひどく卑小なものに思えてくる。そんな「不眠症」の自分をカモフラージュするように持ってきたカメラで川の風景を撮影する。「撮影の仕事をしている」というふりをする。カメラを持ち、ファインダーをのぞき、シャッターを押すことで「仕事をしている」人間の演技をする。これから仕事場や学校に向かう人たちと同じ仲間なのだと見せようとする。

しかし——そうして撮影したフィルムを結局は現像しない。家にはそんなふうに撮影はしたけれど現像していないフィルムが何本あることだろう。

朝の太陽が大きくのぼってきて河原の冷たい空気が徐々に暖かくなってきた。いつのまにかもう八時になっていた。土手に戻ると学校に登校してゆく小学生の群れに出会った。私がカメラを持っているのに気がついた男の子が「おじさん、僕を撮って!」と元気に声をかけてきた。「僕も」「私も」といっしょにいた子どもたちがそれに加わった。十人くらいの子どもたちが土手に並んだ。屈託なく私のほうにVサインを作ってくれた。私は何度もシャッターを押した。しかし、押しながら結局はこのフィルムも現像することはないだろうとかすかに感じていた。

鉛筆削り

十二月のはじめだというのに町は春のように生暖かかった。金曜日の夜で銀座通りには人がたくさん出ているがコートを着ている人間はほとんどいない。前の日に季節はずれの台風が来て強い風が吹いたはずなのに通りのケヤキ並木はまだ葉を落としていない。

並木通りのレストランで対談の仕事を終えたところだった。思ったより話がはずみいつのまにか予定の二時間が過ぎてしまった。仕事がひとつ終わった安堵感もあって夜の通りを歩いた。まだ開いていた洋書屋で出たばかりのアメリカの雑誌を買った。四丁目の交差点の近くにあるビヤ・バーでビールを一杯だけ飲んだ。外に出て夜空に浮かんだ和光の時計を見るとまだ八時だった。地下鉄の入り口に向かって歩き出したとき目の前のバスの停留所にちょうどバスがとまった。隅田川を渡って江東区、墨田区を走り、東京の北の町まで行くバスだった。そういうバスが銀座を走っているのは知っていたが乗ったことはなかった。停留所には人がたくさんいたが、他のバスを待っているようでそのバスに乗る人は少なかった。思い立ってバスに乗った。空いていた。いちばんうしろの席に坐った。

バスは晴海通りを走り勝鬨橋で隅田川を越える。月島から晴海運河を越え江東区の豊洲、枝川に向かう。湾岸の埋め立て地で大きな工場や倉庫ばかりが目立つ。通りは大型トラックが何台も走っている。歩いている人の姿は見えない。通りのあちこちには歩道橋が作られている。建設中のビルが多く夜空にクレーンが何本も立っている。町全体が巨大な工場を思わせる。銀座からわずか十分足らずでこんなに風景が変わってしまうとは意外だった。

昼間見ると殺風景なところなのかもしれないが、夜の灯りのなかでは思いがけずにきれいだった。人の帰ったあとの工場に光だけがあふれている。運河や掘割が多く水に工場の光が映っている。遠くに銀座の夜景が舞台の装置のように光っている。

乗客は少なく立っている人はほとんどいない。いちばんうしろの席に坐ったので彼らの背中だけが見える。老人の背中、女の背中、中年男の背中。その先きに運転手の背中が見える。みんな押し黙って前方を見つめている。人が帰ったあとのデパートのショウウィンドウのなかの飾り人形のようだ。停留所の名前を告げる録音テープの女性の声だけが機械的に響く。

乗客は乗っては降りてゆく。銀座から乗ってまだ残っている客はもう私くらいになる。

このバスで始発から終点まで行く乗客はおそらくいないだろう。

江東区の木場あたりで小学生の男の子がひとり乗ってきた。塾か何かの帰りらしい。男の子は私のななめ前の席に坐った。ランドセルというよりデイパックに近い平べったい黒いカバンを背負っている。そのカバンをはずして膝の上に置きなかから何か取り出した。ファミコン・ゲームでもするのかと思ったがそうではなかった。鉛筆削りだった。それもハンドルを手でまわして削る古い型のものだった。男の子はそれをカバンの上に固定させるとゆっくりと鉛筆を削り始めた。緑色の鉛筆だった。削り終わると尖った鉛筆の先を指先で突いてみて満足そうに筆箱にしまった。男の子はそうやって鉛筆を三本削った。

江東区から墨田区に入ったところにある町の停留所で男の子は降りていった。バスのなかの乗客は私を入れて三人しかいなくなっていた。がらんとした車内を急に町の風が吹き抜けてゆくようだった。車の少なくなった夜の通りをバスはもうほとんどの停留所でとまらずに速い速度で走った。

終点の私鉄の駅には九時前に着いた。駅前の商店街は店仕舞いしているところが多かったが何軒かはまだ開いていた。そこから洩れる灯りが縁日の屋台のようにぼんやりと見えた。果物屋、薬屋、コンビニエンス・ストア、居酒屋。開いているのはそんな店だった。商店街はそのまま隅田川のほうに延びている。吾妻橋を渡るとその先は浅草になる。電車に乗っても一駅の距離なので歩くことにした。久しぶりに隅田川の夜景も見たかった。

信号を二つ渡ったところに一軒だけまだ開いている店があった。文房具屋だった。狭い店のなかにノートやファイルが雑然と置いてある。文房具屋というより雑貨屋という感じだった。店の人の姿もなく開いているというより閉め忘れたという雰囲気だった。鉛筆や万年筆が並んでいる棚の隅に昔ながらのハンドルのついた赤い鉛筆削りが置いてあった。薄く埃をかぶっていた。店の主人を呼んで鉛筆削りと鉛筆を三本買った。

鉛筆を削ったのはもうずいぶん昔のような気がする。削りたてのあの尖った鉛筆の新しい木の香りも忘れている。尖った芯の清潔な痛みの感触が懐かしい。家に帰ったらすぐに鉛筆を削ってみようと思いながら夜の隅田川を渡った。

遠い声

テレビがまだなかった子どもの頃ラジオをよく聞いた。いろいろな番組のなかでいちばん不思議な感じがしたのは海外からの中継番組だった。オリンピックなどがその典型だった。遠いところから送られてくるアナウンサーの声が大きくなったり小さくなったりする。ときどき聞えなくなったりする。波の音のような雑音がする。そのために別の世界からの声のような気がしてくる。

小学校の六年生のとき、自分専用の小型ラジオを聞いていたら海外から耳なれない外国語が聞えてきた。大の男の声で何か叫ぶように訴えていた。声は大きくなったり小さくなったりしたが、その追いつめられた感じからどこか遠い国で大事件が起こっているらしいことが子どもにもわかった。日本のアナウンサーがいまの声は「ナジ」のものだといったのが記憶に残った。「ナジ」という奇妙な言葉が忘れられなかった。

翌日、新聞でハンガリーという東欧の小国にソ連軍が出動し、ナジという首相が逮捕されたということを知った。ナジは最後の演説で世界各国に助けを求めたのだという。子ども心にもこの小国が何だかかわいそうだなと思った。一九五六年十月に起きたいわゆるハンガリー事件である。

それから私は大きくなった。そしてある年、仕事でハンガリーにひとり旅をすることになった。ハンガリーで撮影されているあるアメリカ映画の取材という仕事だった。第二次大戦中にドイツ軍の捕虜になった連合軍の兵士たちが収容所から集団で脱走するという話だった。ハンガリーの首都ブダペストにはまだ古い建物がたくさん残っていて撮影には適しているということだった。

子どもの時にラジオで聞いた「ナジ」の声を思い出し、ブダペストはどんな町なのだろうと思った。

六月だった。ブダペストはドナウ河がゆったりと流れ、あちこちに古い石の建物が残っている、静かな古都という感じがした。ハンガリー人は人種的にはアジア系で日本人とどこか体つきが似ているので親近感を持った。柔らかい感じの美しい女性が多かった。ただ町全体はどこか暗かった。東京やニューヨークに比べ、沈んでいた。笑顔というものをあまり見なかった。ひとりで町を歩いている人が多く目についた。町の裏通りに入るとまるで中世そのままのような黒くすすけた石の家が入り組んで建ち並び、迷路に入ったような気がした。石だたみが冷たく重苦しく感じられた。

撮影の現場でハンガリー人の老優に会った。捕虜収容所のドイツ兵のひとりに扮していた。背は低いが身体はがっしりとしていた。陽気なハリウッドのスターたちのなかにいるとまったく目立たなかった。いや逆に目立たないことで気になる存在だった。彼は昼食のときはいつもひとりになった。

ある日、彼に話しかけてみた。英語をゆっくりと話した。はじめは打ちとけなかったが私が日本人だというと、「君は私がはじめて出会う日本人だ」とはじめて少しだけ笑顔をみせた。私にとってそれはブダペストにきてはじめて見る笑顔だった。

それから暇を見ては彼に話しかけた。彼も自分の息子くらいの年齢の人間に次第に警戒心をとくような感じになった。あるとき私は「俳優の生活は楽しいですか？」と聞いた。彼は私の顔をじっとみると、「楽しい、すごく楽しい。なにしろこの私がドイツ兵の役を演じられるのだからな」といった。そして非常に冷たい笑い声をあげた。愚問をした私に怒るというより、ドイツ軍の制服を着ている自分を嘲笑しているような笑いだった。

私は何とか彼の心をこちらに戻そうと、昔、子どものころラジオでナジの演説を聞いたことがある、ナジという名前は忘れられないといった。老優はそれには何も答えなかった。

ただ「ナジか、懐かしい名前だな」とだけいった。ソ連軍がブダペストにやって来たときこの老優はどこで何をしていたのだろう？　しかしもちろん彼の冷たい表情はそんな質問を拒否していた。

ブダペスト滞在の最後の日、ひとりで宿舎になっているホテルを出て、町を散歩した。夕暮れどきで、それでなくても沈んだ町がいっそう静まりかえっていた。人がたくさんいるのに人の気配がない。どこか影絵を見ているようだった。すれちがう人間たちは私を見ても何の反応もない。目線を避けようとする。

ドナウ河にかかる大きな橋を歩いていたとき、真ん中あたりで河の流れを見つめている男に気がついた。あの老優だった。彼はひとりでじっと河を見ていた。その先きの暮れてゆく町を見ていた。私は声をかけようとしたがどうしてもそれができなかった。

坂のある風景

記憶のなかから決まって現れる風景がある。坂のある路地の風景である。家の前の道が下り坂になっている。坂道は途中から左に大きく曲がっていてその先きに何があるかはわからない。子どもの私はその坂道の上に立っている。坂を見下ろすようにして立っている。しかし坂が曲がっていて先きに何があるかわからないので不安になってどうしてもその坂を降りてゆくことができない。

その風景をよく見る。夢に現れることもあるし、どこか東京の坂のある道を歩いていてデジャヴュのように現れることもある。あれは本当に子どもの私が見た風景なのだろうか、それとも大人になった私が子ども時代に見た風景として人工的に作ってしまった借りものの風景なのだろうか。

確かなのは坂の上に立って、まるで谷底のような坂の下を見下ろしている子どもの姿がどこかで見たものであることだ。あれは絶対に自分の子ども時代の姿だ。いま声をかけて彼が振り返ってくれればその顔は、きっと子ども時代の私の顔であるはずだ。

自分の確かな記憶は幼稚園に入ってからだ。その頃のことはいまでもはっきりと思い出すことができる。坂の上に立っている子どもはその確かな記憶よりもっと前のものだ。もしあれが本当の自分ならきっと二歳か三歳の頃のものだ。

小学校のころ私はときどき母親に「前に、家の前に坂があるところに住んでいたことがある？」と聞いた。そのころから坂のある風景がときどき頭のなかに浮かんできたからだ。その幻のような風景に、妙な懐かしさを感じたからだ。あれはいつどこで見た風景だったのだろう？　ただ、夢のなかでだけ見た風景だったのだろうか。

母親に「坂道のあるところに住んでいたことない？」と聞いても、母はいつも「さあ、知りませんよ」と答えた。そのたびに私はあの風景は、自分が夢のなかで人工的に作ってしまった風景なのだろうと思い込んだ。

しかし、そうではなかった。やはり私は、昔、あの坂のある風景を見たことがあったのだ。坂が途中から曲がっていて、その先きに何があるのかわからないままに、不安になって坂の上に立ちつくしていたことがあったのだ。

五年前、日本のある地方をひとり旅した。旅の雑誌の紀行文の仕事だった。温泉に入り港町を歩き古い昔し町を歩いた。のどかな旅だった。
旅の最後の日、ある半島の町にいた。地図を見ていたときその半島の対岸の町が目にとまった。Tというその町は、私が一歳のときに死んだ父親の故郷だった。私は、もの心ついてから父親というものを意識したことがなかった。父親の不在があたりまえの状態だったので父親がいたということを考えたこともなかった。しかし旅の宿で地図を見たとき急に父親の故郷を見に行きたくなった。

　翌日、半島の町からフェリーに乗って対岸のその町に行った。小さな町だった。駅前にとまっていたタクシーに乗って町を一周してほしいと頼んだ。もし町に坂があるならなるべくその坂のところを走ってほしいといった。二十代のまだ若い運転手はこの町には坂はそれほどたくさんないから全部まわれますといった。

　タクシーは小さな町のすみずみを走ってくれた。坂のあるところを注意して走ってくれた。二十分くらい走ったときだろうか、一瞬、身体が硬直したようになった。車のフロントガラスの先きに子どものころから何度も何度も見てきたあの坂のある風景が見えたのだ。「ここで止めてくれ」といって、その坂の上に立った。あの坂だった。下り坂が途中で曲がっていてその先きはいまも何があるかわからない。

　やはりこの坂のある風景を本当に見たことがあったのだ。坂の風景は、記憶と幻影のなかのあの風景とほとんど変わっていなかった。

旅から帰ってから、十歳以上年上のいちばん上の姉に電話した。姉に、子どものころもしかしたら私たちはTという町に一時期住んでいたことがなかったかと聞いた。姉は、あるといった。私は、坂道の風景のこと、旅をしてその風景を実際に見たことを姉に話した。姉は、よく覚えていたわね、といった。

それから私は姉に、どうしてこれまで私が母に「坂のある町に住んでいたことある？」と聞いたとき、母は「ある」と答えてくれなかったのだろうと聞いた。しばらくして電話の向うで姉がいった。「戦争でお父さんが死んだ直後でお母さんがいちばんつらい時期だったからきっとその頃のことを思い出したくないんでしょう」

私はあの坂を記憶のなかだけにとどめておこうと思った。

橋

町はずれの川に木の橋がかかっている。

長い雨のあとなので川の流れはいつになく速い。母が橋を渡ってゆく。子どもの私は水の勢いがこわくて橋を渡れない。母は精霊流しを終えるとどんどん橋の向う側へと行ってしまう。霧のなかに姿を消してしまう。私は橋のこちら側にひとり立ちつくしている。

長い梅雨だった。久しぶりに雨がやんだ日ひとりで都心の町に出た。家のなかに閉じこもりきりだったので歩いているだけで気持よかった。文房具屋、レコード屋、本屋……いくつか買物をすませた。裏通りに忘れられたように残っている小さな映画館の前を通ると古い日本映画をやっている。私が子どものころに作られた映画だ。たしか東京の下町を舞台にした人情劇だった。買物のあとアメリカ映画の試写に行く予定だったが、この日本映画を見たくなった。

冷房のきいた小さな映画館に入るとカビくさい匂いがした。子どものころ縁の下に入って遊んだのを思い出した。平日の昼下がりで客は十人もいなかった。冷んやりとしたこの暗い空間だけが町の活動から取り残されているようだった。

黒白のすりきれた画面に川が映っていた。そこに長い、長い木の橋がかかっている。明け方の薄闇のなかを主人公の中年男が現われ、木の橋を渡りはじめる。男は酒に酔っている。別れた妻とよりを戻そうとするが拒絶され、見知らぬ町でひとり酒を飲んだ。その帰りである。夜でも朝でもないぼんやりとした時間、橋を歩いているのは男しかいない。カメラはロングで男の姿をとらえる。橋、川、ひとりの男、暗い空。ふと男の姿が橋から消えた。川に落ちた。それきり姿が消えた。川も橋も前と同じように画面のなかで動かない。

昔、この木の橋を見たと思った。東京の北を流れる川にかかっていた橋だ。東京の大きな橋のなかで最後まで木の橋だったので知られている。そういえばもうずいぶんあの橋を見ていない。映画を見終わったあと橋を見に行きたくなった。

ターミナルの駅で東京の北を走る私鉄電車に乗りかえた。電車は大きな川を渡り下町へと入ってゆく。窓から町工場の煙突や掘割が見える。

Hという小さな駅で降りた。降りるとすぐ目の前は大きな川だった。

木の橋はもちろんとうになくなっていた。かわりにどこにでもあるようなコンクリートの橋になっていた。橋というより高速道路の一部に見えた。

大型トラックが音をたてて走ってゆく。橋を歩いている人間は誰もいない。橋のたもとに立ったが橋を渡って向うに行く気になれない。何度か歩き出すのだがすぐに立ちどまってしまう。

雨がまた降ってきた。すぐにやむかと思ったが雨足はどんどん速くなる。雨宿りのつもりで土手を下りて橋の下に行った。水ぎわに葦がはえていて洲のような感じになっていた。雨に濡れたせいか身体が震えた。

人の姿はどこにも見えない。雨の音はかえってあたりの静けさを強める。不意に向う岸にいる人の姿が目に入った。向う岸も水ぎわに背の高い葦がはえている。その葦のあいだに隠れるようにして人がいた。

若い女と小さな男の子だった。私と同じように雨宿りをしているのかと思ったがそうではなかった。二人は用心しながら水ぎわに近づき川に何か流そうとしていた。

精霊流しだった。母親らしい女がまず精霊船を流した。それから男の子が舟を流した。小さな舟はすぐに流れに乗って川を下っていった。二人の姿は雨のなかに消えた。

熱が出て二日ほど寝込んだ。睡眠薬を飲んで眠った。眠りながら雨の音ばかり聞いているような気がした。身体が何度も震えた。

雨がやんだ。三日間家に閉じこもったままで息苦しくなったのでまだ熱がひかなかったが町に出た。空には雨雲が残っていた。完全に梅雨があけたのではないらしい。

このあいだの映画館に行ってみた。まだ同じ映画をやっていた。もう一度、古い木の橋を見たかった。薄闇のなかに浮かびあがるように現われる木の橋を見たかった。

映画館のなかはまたカビの匂いがした。この日も客はほとんどいなかった。

木の橋が現われた。川に浮かんでいるように見える。男が橋を歩いて来る。そして水に落ちて消える。川と橋は前と同じように動かない。その時、画面の隅に何か動くものを見つけた。最初に見た時には気がつかなかった。橋の下に小さく人の影が見えた。女と小さな男の子だった。二人はぽつんと水ぎわに立ちつくしていた。二人の姿はすぐに朝もやのなかに消えた。映画館全体が川を流れているような気がした。

エアメイル

　夏の夕方、仕事にひと区切りついたので町に出た。隅田川の東の町のほうへ行く地下鉄に乗り、川を越えた二つめの駅で降りた。路地の多い町を隅田川のほうに戻る感じで歩き出した。

　日曜日だったし夏の帰省のころで商店街は店を閉めているところが多かった。大きな通りの交差点でいつもは右に曲がるところを左へ曲がった。何を作っているのかはわからないが小さな町工場があった。薄暗い作業所で日曜日だというのに四、五人の男たちが黙々と働いていた。鉄と鉄がぶつかりあう鋭い音が規則的に路地に響いていた。

　その町工場を過ぎてしばらく歩くと五つ角にぶつかった。まっすぐな道ばかりのこのあたりで五つ角は珍しい。角のところに五階建てのビジネスホテルがあった。さらに何軒か先きにも同じようなホテルがある。その先きにもある。ビジネスホテルがかたまって建っている。おそらく昔の労働者相手の簡易旅館がホテルになったのだろう。

周囲にはホテルに長期滞在している、地方から出稼ぎに来ている労働者のためのコインランドリーがたくさん目につく。大衆食堂がある。銭湯がある。惣菜屋がある。通りに腰を下ろし酒を飲んでいる男たちがいる。縁台で将棋をさしている男たちがいる。あちこちからテレビの音が聞えてくる。その一画だけが夜店が並んでいるように明るい。

なかに一軒雑貨屋があった。軍手や軍足を置いている。「切手あります」という札がぶらさがっている。ポケットに切手を貼っていない葉書を入れていたのを思い出して切手を買おうとなかに入っていった。蚊取り線香やちり紙が雑然と並べられている。

先客があった。中年の労働者だった。小学生らしい子どもを連れていた。それだけでもこのあたりでは珍しいのに男は手にエアメイルを持っていた。赤と青に鮮やかに縁取りされたエアメイルの封筒が軍手や蚊取り線香のなかで際立って見えた。男はそのエアメイルに貼る切手を買おうとしていたが男も店の中年の女性もいくらの切手を貼ればいいのかわからない。男はあきらめて明日郵便局に行ってみようと子どもの手をひいて店の外へ出ていった。見るとはなしにそのエアメイルを見ると「ブラジル」あてになっていた。私は切手を買って外に出た。男は子どもを連れて銭湯のほうへ歩いていた。私は彼らと反対に隅田川のほうへ向かう路地に入った。

その夏はいつもの夏より暑かった。仕事が進まず家にいることが多かった。東京を離れて涼しいところに行こうと何軒かこれまで行ったことのある山のなかの温泉宿に電話してみたがとても部屋は取れなかった。暑さと遅々として進まない仕事のためにその町のことは忘れてしまっていた。

二度めにそこに行ったのは十月に入ってからだった。日曜日で朝から雨が降っていた。夕方、思い立って雨のなかを夏に行った町に行ってみた。雨のせいかビジネスホテルが建ち並ぶ町には夏のような活気はなかった。通りにも店にも人の数は少ない。雑貨屋にも人はいない。切手を買い、それから思い出してエアメイルの封筒を買おうとしたが置いていなかった。あの赤と青の縁どりの封筒がなぜか急に欲しくなって近くのコンビニエンス・ストアに行った。レジのところに三人ほど労働者が列を作っていた。いちように缶詰をかかえていた。あのときの親子の姿はどこにもなかった。

エアメイルの封筒を買ってコンビニエンス・ストアを出た。路地から路地へと歩いた。雨は徐々に弱くなっていた。家に帰ったらこの封筒を使って手紙を書こうと海外にいる知人たちの顔を思い出してみた。ニューヨーク、ロンドン、北京、ジャカルタ……南米のカラカスには中学、高校時代いちばん親しかった友人がいた。彼にももう一年近く手紙を書いていなかった。

路地の先きにこのあたりでは珍しい大きな建物があった。区立の小学校だった。ネット塀に沿って歩いてゆくとやがて校舎が尽きて校庭が見えてきた。赤と青の鮮やかな色の対比が目に入った。校庭に張られた万国旗だった。日曜日で運動会を予定していたのが雨で流れたらしい。赤と白のテープを巻いた入退場門も雨に濡れてテープがところどころはがれている。校庭には白い石灰で徒競走用のラインがひいてあったがそれも雨で崩れてしまっている。

校庭には人の姿はなかった。と思った瞬間、白いラインに沿って小さな子どもが走り出したのが見えた。子どもはひとりだった。水たまりを踏むたびに水がはね上がった。子どもは全速力で走っていた。五十メートルほど先きのゴールのところをみるとそこに父親らしい男が立っていた。子どもは走っていってその父親の腕のなかに飛び込んだ。二人の頭の上の万国旗がエアメイルの封筒の模様のように見えた。あの父と子どもは夏に会った親子なのだろうか。確かめようとしたが彼らは夕闇のなかにもう消えていた。

カポーティの家

その年の十月、ある雑誌の仕事でニューヨークに行ったとき、偶然、ロングアイランドのサガポナックにあるトルーマン・カポーティの家を見る機会があった。

その日、『ファミリー・ダンシング』の若手作家デイヴィッド・レーヴィットにインタビューするためロングアイランドの彼の家に行った。午後いっぱいかけて仕事が終わった。夕方、帰ろうとしたとき、デイヴィッド・レーヴィットの共同生活者である、やはりホモセクシュアルの作家ゲイリー・グリックマンと雑談をした。たまたま私がカポーティの遺作『叶えられた祈り』を翻訳しているというとグリックマンは「彼はこのすぐ近くに住んでいたんだ。興味があるなら彼の家に案内しようか。いまはもう誰も住んでいないけれど」といった。私は彼に案内を頼んだ。

ロングアイランドのそのあたりは日本でいえば「海辺の軽井沢」という感じのところだ

った。大きな木に囲まれた家、林、牧草地、ときどき林のあいだから見える海。

はじめカポーティの家はこうした静かな住宅が並ぶ一画にあるのかと思っていた。しかし車はそこを走り過ぎ、どんどん人家のない寂しい草原のほうへと走ってゆく。まるで『嵐ヶ丘』に出てくるヒースの原のようなところに入ってゆく。

カポーティの家は、その荒涼とした風景のなかにあった。草原のなかの一軒家だった。あんなに派手好きな作家がこんな寂しい家に住んでいたのか、と一瞬胸が痛んだ。

二階建てのコテージだった。ホモセクシュアルで結婚もせず子どももいなかったカポーティの家は、主が死んだあと荒れるままになっていた。玄関に通じる道は雑草と灌木がおい繁っていて私たちは、そこをかきわけるようにして進んで行かなければならなかった。

時刻はもう四時を過ぎていて秋の空は暗くなり始めていた。すぐ近くの海から強い潮風が吹きつけていた。

ゲイリー・グリックマンに案内されて庭にまわった。庭に面して大きなピクチュア・ウィンドウのあるカポーティの書斎があった。ガラス越しにそのアトリエのような部屋をのぞきこんだ。二階まである大きな書棚に本がいっぱい詰まっていた。窓際の小さなテーブルにはカポーティ自身の写真が額に入れて飾られてあった。

どんな家でも住む人がいなくなれば荒れるのは早いという。このカポーティの孤独な家も——いや、家というより孤独な隠れ家と呼んだほうがいいかもしれない——、ここ数年のうちに確実に廃墟、廃屋になってゆくだろう。その夕暮れ、カポーティのことを「作家」というよりも、「家族も子どもも作らなかった男」としてなぜか、とても身近かに感じられた。

それから、日本に帰った。秋から冬にかけて、冬から春にかけて、カポーティの遺作『叶えられた祈り』と、彼とテネシー・ウィリアムズの友情とその崩壊を描いたドナルド・ウィンダムのノンフィクション『失われた友情』の翻訳の仕事を続けた。

あの荒れた寂しい家の印象があまりに強烈すぎたためだろうか、私には晩年のカポーティのすさんだ生活と、未完成のままに終わった小説は、とても痛ましいものに思えた。あれだけ天才の名をほしいままにしたひとりの作家が、人間関係のなかで、もみくちゃにされ、自分からも友愛や友情を壊してゆく。自分で自分の名声を傷つけるようにして自滅してゆく。若い女性コラムニストに「誰でも一度は会いたいと思うけれど、一度会ったら二度と会いたくなくなる男」といわれるような嫌な男になってしまう。

「大きな欠点のある男は大きな長所がある。小さな欠点しかない男は小さな長所しかない」という言葉も、カポーティの場合、その荒れた晩年の生活のエクスキューズにしかならないだろう。

若い頃からの友情を次々に失う。有名人になるのと逆比例して本当の友人を得られなくなる。いつもいつも周囲に悪口をまきちらす。晩年のカポーティの実像はほんとうにもう社会的落伍者だ。『ミリアム』や『草の竪琴』のような素晴らしい小説を書いた男がどうしてこんなにすさんでゆくのだろう。

――しかし、そうしたカポーティを知れば知るほど彼から離れられなくなった。彼にずっとつきそってみたいと思った。

翻訳生活に疲れたある日の夕暮れ、いつものように東京のはずれを流れる大きな川を見に行った。川を見て少し火照った心を冷やそうと思った。

人の姿のまったくない土手に坐って川を見た。作家には二通りのタイプがある。ひとつは川下へゆったりと流れて行き、最後に海と一体化する幸福な作家。もうひとつは、逆に、川の流れにさからって川上へ、川上へとのぼろうとする不幸な作家。カポーティは、川の流れにひとりでさからい続けた作家なのではないだろうか。

土手を離れ、ひとりで川上に向かって歩いてみた。遠くに高速道路のランプが灯台のように光って見えた。

枇杷の夏

夏の休暇をとって郷里に帰っている知人から暑中見舞いの絵葉書をもらった。日本画家奥村土牛の『枇杷《びわ》と少女』の絵葉書だった。枇杷の木の下、画面の左隅におかっぱの少女が立っている。それだけの絵なのだが枇杷の葉の緑と実の黄色と少女の着ている服の白が淡くきれいだった。日本画の清涼さが夏の暑さをしばらく忘れさせてくれた。

知人が郷里に帰ったのは母親の容態が思わしくないからだった。知人の手紙には、子どものころから庭に枇杷の木があった、夏になると母に実を取ってもらって食べるのが楽しみだった、しかしこんど母の容態が悪くなってから人に枇杷の木を植えていると縁起が悪いと強くいわれ切り倒そうか悩んでいるとあった。

枇杷を植えていると縁起が悪いということは私も子どもの頃に聞いたことがあった。

中学一年生の初夏だった。下町に住んでいる友人の家に遊びに行った。荒川（その頃は荒川放水路といっていた）の近くの町の商店街にある大きな瀬戸物屋である。古い木造の家でなかに入ると暗く冷んやりとしていた。

奥には広い庭があり、やつでやあじさいが植わっていた。蔵があり、その傍に枇杷の木が一本植わっていた。黄色くて大きな実がたくさんついていた。友人の勉強部屋の窓から手を伸ばすとすぐに取れそうだった。

友人は古い凧をたくさん集めていてそれを私に見せてくれた。なかには戦前のものもあるということだった。子どもなのにそういう古いものにこだわる友人が私には珍しかった。友人は足が少し悪かった。左足をひきずるようにして歩いた。体育の時間はよく休んだ。私も体育が嫌いで仮病を使ってはよく休んでいたので自然と彼と親しくなった。

凧を見せてもらっているとき友人の母親がお茶とお菓子とそして枇杷の実を持って来てくれた。庭の枇杷の実だということだった。ガラスの鉢に盛ってあった。黄色があざやかに映えていた。

枇杷はよく熟していておいしかった。「果物はなんでも腐りかけているときがおいしいんだ」と友人は大人のようなことをいった。

その日、友人の家に泊まった。友人と一緒に風呂に入った。大きな木の風呂で私の家の風呂の倍くらいあった。湯には枇杷の葉が何枚か浮いていた。「こうしておくと汗もが出来ないんだ」と友人は枇杷の葉の効能を説明してくれた。

友人の家族と夕食をとった。母親は私のためにちらし寿司を作ってくれた。なかに見たことのない赤い小さな粒がたくさん入っていた。果物かと思ったが母親はイクラといって魚のタマゴだと教えてくれた。私は生まれて初めてイクラというものを口にした。夕食が終わってまたガラスの鉢に枇杷が出た。みんなでそれを食べたがひとり、友人の祖母という年とった小さな女性だけが枇杷を口にしなかった。

夜、友人の部屋で彼と一緒に寝た。なぜお祖母さんは枇杷を食べなかったのだろうと聞いた。友人はこんな話をした。祖母は枇杷を縁起の悪い木だと信じている。このあいだの戦争のときこの町も空襲にあった。祖父はそのときに死んだ。だから夏に枇杷が実をつけるたびに枇杷の木を切ってくれという。しかし父はそんなのは迷信だ、迷信に負けたら新しい時代に生きてゆけないと絶対に木を切ろうとしない。それに空襲のときも生き残った枇杷の木を切るわけにはいかないと父はいう。あの木は死んだ人間たちのかわりに生きていると父は父で思い込んでいる。僕にはどちらが正しいかわからない、ただあの枇杷の黄色はとても好きなんだ、と友人はいった。

郷里に帰った知人から『枇杷と少女』の絵葉書をもらったあと、荒川沿いの町を歩く機会があった。足を伸ばして中学時代の友人の家があった町に行った。友人とは高校を卒業してからほとんど会っていない。家を継がずに製薬会社の研究所に入ったと聞いた。商店街には瀬戸物屋はもうなかった。衣料品屋にかわっていた。表札を見ると友人の家の名前ではない。庭があったところは五階建てのマンションになっている。枇杷の木はもうなかった。

それから何日かたって大きな書店で、『枇杷と少女』の入っている奥村土牛の画集を買った。枇杷の木の下、画面の左隅に立っているおかっぱの少女の顔が中学時代の友人の顔のように見えた。

その夜、郷里に帰った知人に手紙を書いた。東京に戻ったら一緒に枇杷を食べようと書いた。数日後、彼女から電話があった。母は持ち直した、枇杷の木は切らなかったと彼女はうれしそうにいった。

崖下の家

その町は十代の頃によく歩いたことがある町だった。その町に私が通っていた学校があった。学校は高台にあった。周囲には大使館や深い木々に囲まれた西洋館があった。しかし、坂を下りるとそこは狭い路地が多く軒の低い、小さな家が建てこんでいた。学校の帰りにその崖下の町をひとりで歩くのがたまらなく好きだった。沈んだ暗闇のなかに自分が吸い込まれてゆくような気がした。風景の一部になってしまう気がした。自分が消えてゆく感じが好きだった。家と家のあいだの隙間のなかに、家の裏の崖下に、古い銀杏の木の木陰のなかに、身体も心もいつのまにか消えていった。夕暮れが濃くなってもその低く、暗い町から立ち去りたくなかった。

しかし、学校を卒業してからその町に行くこともなくなった。いつかその町のことも忘れてしまった。たまにしゃれた雑誌のグラビアでその町が流行の先端の町に変りつつある姿が紹介されてあるのを見ると、軽い違和感を持った。明るくなってゆく町がどんどん遠くへ行ってしまうように思えた。

年のはじめ、その町に何十年ぶりかで行くことになった。

正月の年賀状に一枚、見知らぬ人からのものがあった。男の名前で葉書に細かい字で長い文章が書かれていた。

二年ほど前、ある、ほとんど無名の若いマンガ家の作品集が突然送られてきた。自費出版されたものである。小品ばかりだったが不思議と心に残った。描かれている町の様子が昔、十代の頃によく歩いた崖下の町に似ていたからだった。人の姿の見えない狭い路地、明るい日の光を浴びているのに暗く沈んで見える瓦屋根、崖から垂れ下がっている木の根、障子に映った人の影。昔の町がよみがえったようで懐かしかった。その作品集の批評をある雑誌に書いたりした。

年賀状はそのマンガ家の父親からのものだった。文面によるとマンガ家は昨年の夏に急逝したという。まだ二十代のなかばだった。父親は家を売って田舎に引込むという。最後に、出来たら一度、死んだ子どもの霊前に来てくれないかと遠慮がちに書いてあった。

住所を見ると昔よく歩いた町の近くだった。地図で確かめると同じ町ではなかったが、崖下の町であることには変らなかった。行ってみたい気持と、見知らぬ人と関わってしまうことの億劫な気持でしばらくどうしたらいいか決めかねていた。返事も出さず、日がたつにつれてそのことが重荷になった。

一月のなかば、雪が降った。夜になって降り始めた雪はひと晩じゅう降り続いた。朝、外は真っ白になっていた。雪はやんで朝の日の光がまぶしかった。

急に、マンガ家の家に行きたくなった。葉書にあった番号に電話した。父親という人が出た。今日、行っていいかと聞くと待っているという。

十代の頃に通っていた学校にまず行き、そこから坂を下りて崖下の町に行った。町は雪をかぶってしんとしていた。昔と違って、ブティックや画廊を思わせるようなビルがいくつも建っていた。そのなかに取り残されたような一画があり、銀鼠色の瓦屋根の小さな家が数軒、身体を寄せ合っていた。

父親は六十過ぎの老人だった。畳職人だったという。ご多分にもれずこの町もどんどん新しくなるのでもう自分の居場所はない、妻にも先立たれひとりなので兄弟のいる東京のはずれの町に引越すという。その前に、子どもの部屋を私に見てもらいたかった、自分にはマンガのことはわからない、ただ子どもが部屋にこもってマンガを描いていたのでその小さな部屋だけはそのままにしていた、それももうじき取り壊される、自分には部屋が子どもそのものに思える、だから最後に誰かに部屋を見てもらいたかった。

父親は遠慮がちにそういって、崖下の四畳半くらいの部屋に案内してくれた。狭くて暗い部屋だった。しかし、障子の向うの白い雪の光のためか造りのわりには明るく見えた。

部屋に入ったときマンガ家の作品のなかでいちばん印象に残った小品を思い出した。町のなかに一軒、忘れられたような古い家がある。その家のなかに入ってみると、家の住人とは違った人たちが屋根裏にひっそりと暮している。父親がいて母親がいて子どもたちがいてみんなでつつましく食卓を囲んでいる。屋根裏の部屋に入るくらいにみんな小さい。それがいつか聖家族のように見えてくる。

そんなマンガだった。それを思い出した。部屋を見せてもらったあと霊前に手を合わせた。それから家を出た。雪の積もった路地に出た。うしろを振り返ると家の前に十代の少年がひとり立っていた。少年は私を見て静かに深く頭を下げた。

白いスクリーン

夜ふけに目が覚めた。汽車はどこか小さな駅に止まっている。ホームには灯りがいくつかついているだけで人影はない。駅の向うには町があるらしいのだが灯りが見えない。黒々とした森に包みこまれてしまっている。

汽車はボストンを夕暮れどきに出た。町の姿が見えたのは最初の一時間くらいで日が沈んでからはほとんど町の姿を見なくなった。駅の周辺だけは町があるのだが、それも汽車が走り出すとすぐに消えて林や森が始まる。汽車は黒い闇のなかを西へと走ってゆく。止まる駅はどんどん小さくなる。降りる人も乗る人もいない。駅員が黙々と郵便の荷物を貨車に積み込む。そして汽車は、汽笛をひとつ長く響かせるとまた走り出す。

「私たちはいまでは飛行機で旅するほうが多いのだが、心情は鉄道時代のままでいるように思える」とアメリカの作家ジョン・チーヴァーがある作品のなかで書いていた。

午前一時に目を覚ますと、知らない名前の駅に止まっている。人影のないプラットホーム、その向うに給水塔、そのかなたに照明の明るい、人の姿の見えないがらんとした通り。まるでエドワード・ホッパーの絵のような寂しい夜ふけの駅。それを見るとかえって心が落ち着く。

汽車はまた静かに走り出す。黒い森、林、草原。灯りは見えない。一度目が覚めてしまったのでなかなか寝つけない。睡眠薬を忘れてきた。車内は、数少ない乗客のほとんどが眠りについていて静まりかえっている。

三十分か四十分走ると汽車はまた止まる。駅はどんどん小さくなってゆく。ときどき降りる人がいる。汽車から降りた男を、子どもを連れた女が迎える。男が小さな子どもを肩に乗せて町のほうに歩き出す。そしてがらんとした舞台のような通りに消えてゆく。

戦争が終わって何年かたって疎開先の小さな町から東京へ戻った。母と兄たちと汽車に乗った。夜中に目が覚めた。汽車は人のいない駅に止まっていた。ほんのりと明るい駅舎のむこうに闇が広がっていた。母が黙ってその闇を見つめていた。私は目を覚ましたことを母に気づかれないようにまた目を閉じた。

いままでの駅よりやや大きい駅に止まった。午前三時をまわっていた。車掌に聞くとこの駅で少し停車するという。「汽車を休ませるためだ」と車掌はいって笑った。プラットホームに降りてみた。夜風が心地よかった。

黒人の駅員が二人、荷物を貨車に積み込んでいる。ホームの端には母親らしい女が小さな男の子を連れて立っている。迎えに来る車を待っているらしい。街灯で白く照らし出された町の通りには動いているものは何も見えない。通りは百メートルくらいでその先きは草原が広がっている。

その草原のなかに一カ所明るいところがある。レストランでもあるのだろうか。薄い闇のなかで白い光がメタルのように光っている。何の光だろう。そこに行きたくなった。時間はまだだいぶある。

ひとりで夜の通りを歩いた。商店が両側に十軒ほど並ぶ小さな通りだった。洋服屋のショウウィンドウには、マネキンが笑顔を浮かべて立っている。店仕舞いしたレストランの入口にビールのサインが光っている。

商店街がつきると両側は畑が広がっている。大豆の畑らしい。そのなかに光が見える。近づくとそこは広い駐車場のようだった。ただ、車は一台も見えない。駐車場をとりまくように照明灯が何本も立っている。人のいない、ナイターの野球場のようにも見える。しかしそうではなかった。駐車場の先きに真っ白な大きなスクリーンがあった。

ドライブイン・シアターだった。時間が遅いから人がいないのか。それとももう使われなくなっているのか。映像を何も映し出していない白いスクリーンは、宇宙からの電波をキャッチしようとしている大きなアンテナのように見えた。巨大なスクリーンの下に立って見上げると私のほうが何か白い生き物に見つめられているような気がした。

　がらんとした商店街をまた歩いて駅に戻った。人影のない駅に止まっている汽車は実在感がなく、玩具の汽車のように見えた。

　駅のほうから車が一台やって来た。プラットホームに立っていた母親と男の子が乗っていた。父親らしい男が運転している。男の子は母親に抱かれて眠っている。車はまるで霊柩車のように静かに私のそばを走り去って行った。車の先きに白いスクリーンがぼんやりと見えた。

黄色い風

家の近くに女優が住んでいた。新劇の女優の卵だった。中学生の私の目にも彼女は美しかった。隅のほうにいてもいやおうなく際立ってしまうような華やかな美しさだった。会社勤めの人間や学校の先生ばかりが住んでいる住宅街のなかでは彼女は異質な存在だった。高校を卒業してから親の反対を押し切ってある新劇の劇団に入ったということだった。

彼女の家も住宅街のなかでは一軒だけ際立ってしまう大きな和風の造りだった。竹の塀に囲まれ門の傍には石の灯籠があった。父親は著名な日本画家で新聞の連載小説の挿絵も描いているので家の前にはよく新聞社の社旗を立てた黒塗りのハイヤーが止まっていた。私の家から駅に行くにはその家の前を通って行くのが近道なのだが私は家の構えと雰囲気に気圧されてよほど急いでいるとき以外はその道を通らないようにしていた。

彼女の姿はよく町で見かけた。こちらが見ようとしなくても目に入ってきた。冬には赤い長いマフラーを巻いていた。背中にマフラーが羽根のようにひるがえっていた。夏には白いパラソルをさし竹のバスケットを持っていた。よくジーパンをはいていた。そのころは若い女性がジーパンをはくのは珍しいことだった。

あるとき彼女の家の前を通りかかったとき彼女が新聞社の人間らしい男と家から出て来た。男は車で送りましょうというようなことをいったが、彼女はそれを断ってひとりで歩いていった。そのときもジーパンをはいていた。車を断ってひとりで歩いてゆく彼女がいつになく鮮やかに残った。

近くに尼寺があり、その奥にちょっとした雑木林があった。武蔵野の雑木林の名残りを思わせるクヌギやコナラの林だった。尼寺の奥ということもあり近所でも忘れられたような静かな場所だった。私はときどき犬の散歩でそこに行った。気候のいいときはそこで犬を遊ばせて木のそばで本を読んだりした。

五月の新緑の美しい頃だった。土曜日の午後、学校から帰るとあまりに外が気持いいので犬を連れて雑木林に行った。犬を勝手に遊ばせてクヌギの木の下の具合のいい草むらに腰を下ろしてシャーロック・ホームズの文庫本を読んだ。そのころ私の学校では通過儀礼というかはしかというか、ホームズを全部読むというのが流行っていて私も友人たちと競い合って文庫本を読んでいた。

本を読み始めてしばらくたったころ近くで女の声がした。彼女だった。話し声がしたので誰か他にもいるのかと思ったが彼女ひとりだった。雑木林のなかでひとりで喋っていた。芝居のセリフの練習をしているのだとわかった。「おお静かなるドンよ……」。それをいろいろないい方で口にしていた。悲劇調に大仰にいってみたり普通に淡々といってみたりいろいろな試みをしていた。

やがて彼女は私に気がついてクヌギの木のところにやって来た。何を読んでいるのかと聞いたのでホームズだと答えると彼女はアイリーンが出てくる話を読んだかといった。アイリーンという名前には記憶はないというと彼女はそれはホームズが生涯ただ一度だけ愛した女性の名前だと教えてくれた。

それから何カ月かたって電車のなかで彼女の姿を見かけた。若い男と一緒で男の肩にもたれるようにして並んで坐っていた。ジーパンではなくスカートをはいていた。二人とも黙っていて周囲の誰の目にも入らないくらいおとなしく地味だった。私の知っている彼女とは別人のようだった。一度視線があったと思ったのでお辞儀しようとしたが彼女は私のことなど知らないようだった。

高校生の兄が彼女が泣いているのを見たと話してくれたのはその頃だった。兄が彼女の家の前を通ったとき黒塗りの車から彼女が父親らしい男に腕をつかまれて降りてきた。彼女は泣いていたと兄はいった。

それから彼女には会わなくなった。テレビのアメリカのホームドラマの吹替えをしているという話をどこからか聞いた。私はホームズを全部読んでしまい、そのあとハヤカワのポケット・ミステリに凝りはじめていた。彼女のことはだんだん忘れていった。

町では春先になると決まって強い風が吹いた。玉野という昔の地主の屋敷の方角から吹くので誰ともなく玉野の風と呼んでいた。まだ畑や原っぱがあちこちに残っていたし舗装されていない道も多かったので風は黄色い砂塵となった。砂の嵐になった。

高校生になった春、その春最初の強い風が吹いた。午後、駅からの帰りの道は黄色い砂が雪のように舞って目も開けていられないほどだった。風と砂を避けてうつむくようにして歩いた。角のところでむこうから来た人間とぶつかった。相手も私と同じようにうつむいて歩いていてぶつかってしまった。よく見ると彼女だった。そのときは彼女は私に気づいたらしかった。そして私より先きに「ごめんね」というと駅のほうに去って行った。あとには黄色い風がごうごう吹いていた。彼女は美しかったが、それは前とは違った美しさだった。どこかやつれたような弱い美しさだった。

私はそれからほとんど彼女のことを忘れてしまった。大学に入った頃には彼女のことも耳にしなくなった。住宅街の様子も変わった。畑には新しい家が建った。どんな小さな道も舗装された。雑木林は切り倒されてマンションが建った。春先に強い風が吹いてももう砂塵は起こらなくなった。そのころ私は新聞の小さな記事で彼女が若い恋人と北海道の湖で心中したということを知った。詳しい事情は何も書いてなかった。

河を渡ってマジック・アワーへ

夕方の四時過ぎに仕事がひとつ終わった。三日間筆がなかなか進まなかった長い原稿をどうにか書き終えた。急に時間が出来た。河を見に行こうと思った。外は雨だったが、ひとりの町歩きなので苦にならなかった。

電車を二つ乗り換え、東東京から千葉のほうに延びている私鉄に乗った。河を見たくなるときにはいつもこの電車に乗る。ターミナルの駅から千葉のほうに向かうこの電車は、千葉県に入るまで、隅田川、荒川、中川、江戸川と四つの河を渡る。ふだん西東京に住んでいる人間には、河を四つも渡ることはとても新鮮な体験になる。電車が鉄橋を渡るたびにこの都市にはこんなにたくさん河があったのかと驚く。

ターミナルを出発した電車は家路を急ぐ通勤客で満員だった。何とかドアのところに居場所を確保した。六時になろうとしていたが外はまだ明るかった。電車はずっと高架線を走る。窓から夕暮れの町が見える。都心と違って高いビルはほとんどない。ところどころに風呂屋や町工場の煙突が見える。昔、子どもの頃に住んでいた町によく似ている。時間が何十年も前に戻った錯覚にとらわれる。

電車は運河のような隅田川を越える。鉄橋を渡る時の音が耳に心地よかった。「橋」というのは不思議だ。どんな小さな「橋」でもそれを渡ると、違った世界、別の場所に入ったような気がする。「向う側」に入ってゆくような気がする。

隅田川の次は荒川を渡る。荒川は昔は荒川放水路と呼ばれていたように人工の河だ。隅田川の水量が多く洪水が頻発するので大正時代に何年もかかって放水路を作った。しかしその人工の河の荒川のほうが河川敷や土手が雄大でいまや自然の河のように見える。自然の河、隅田川が人工の運河のように見えるのと対照的だ。

荒川を渡って最初の小さな駅で降りた。雨は幸いにやんでいた。商店街を抜け、大きな自動車道路を渡った。目の前に高い土手が見えた。それを駆け上がった。視野が一気に開けた。広い河川敷の向うに荒川のゆったりとした流れがあり、その先きにいま電車で通り過ぎて来た町の光が夕暮れのなかで輝き始めていた。河に沿って走る高速道路の照明灯が白い光を放っていた。「風景」というより「パノラマ」だった。

最近読んだある映画の本のなかでカメラマンたちが「マジック・アワー」と呼ぶ、短い特別の時間があることを知った。夕暮れ時、太陽が沈んでしまったあと、残照でまだかすかに明るい時間のことをカメラマンはそう呼んでいる。わずか二十分ばかりのその時間に撮影すると信じられないような美しい画面が得られるという。荒川の土手から対岸の東京を見ながらいまがその「マジック・アワー」かもしれないと思った。

東京の東にあるターミナルから千葉に向かう私鉄が四つも大きな河を渡るということを知ったのは二十年近く前のことだ。その頃千葉県のある農村で空港建設反対の農民運動が起こった。激しい武力闘争も行われた。週刊誌の記者をしていた私は、何度かその村に取材に行った。その時にこの私鉄に乗った。そして電車が大きな河を四つ渡って「向う」に行くことを知った。

断続的にだったが約三年間、その空港建設反対運動の取材に行った。一年に何回か四つの大きな河を渡った。

反対運動は大きく、激しくなった。そのさなか、ある夏、農民の子どものひとりが、運動の重さからくる精神的疲れで自殺した。高校生の男の子だった。葬儀には取材記者も何人か参列した。サイモンとガーファンクルの『ボクサー』が好きな少年だったので葬儀にその曲が流れた。

取材を終えて帰る日、ひとりになりたかった。いつも電車の窓から見ている荒川を近くで見たいと思った。Hという小さな駅で降りた。そこから歩いて十分ほどのところに大きな、大きな荒川の河の流れがあった。水を見ていると高ぶった気持が少しだけ和らいだ。それから、河を見たくなるとこの町に来るようになった。

土手から対岸の町を見ているとスローモーションのフィルムを見ているようにいつのまにか光の数がふえてくる。町の光が蛍のように見えてくる。自分の住んでいる、人がいっぱいの過密都市が対岸から見るとまるで架空の町のように清潔に見える。

広い土手には誰もいなかった。ここが大都市の一画だとは信じられないくらいに人の姿が見えなかった。

「マジック・アワー」はいつのまにか消えていて夜になっていた。夜空に突然、光の家が浮かんでいるのが見えた。埼玉県の河川敷にある係留地に帰ってゆく飛行船だった。誰もいない、大きな河の上にぽっかりと浮かんだ飛行船は宇宙船のように見えた。

槐の木の下

小学生の頃三つ年上の兄は好きな工作をしながらよく「不思議だな　不思議だな　動く銅像があるという」という歌をひとりで歌っていた。学校で習った歌なのかラジオで聞いて憶えた歌なのか私にはよくわからなかった。兄が勝手に自分で作った歌かもしれない。私がそう思ったのは兄がその頃こんな話をしてくれたからだった。

兄が小学校の五年生くらいの頃、家の近くにいかけやのおじさんがいたという。私にはほとんど記憶がないが、そのおじさんは毎日のように家の近所を鍋釜の修理をしますと大きな声でいいながら注文を取っていた。

おじさんは店を持っていなかった。尼寺に隣接する墓地の崖下に一本のえんじゅの木があり、その下に坐って仕事をしていた。えんじゅの木の下には小さな銅像があった。子どもの銅像だった。昔、このあたりで不幸な死に方をした子どもがいて、町の人が悲しんで作ったということだった。おじさんはその銅像の下に修理用の道具を並べて仕事をした。一日そこに坐り夕方になると道具を持って帰って行った。おじさんがどこに住んでいるかは誰にもわからなかった。戦争帰りだということだけが知られていた。足に負傷したらしく少し足をひきずるようにして歩いた。子どもたちがその真似をしてもおじさんは怒らなかった。いつも笑っていた。

大人になってからは建築家になった兄は子どもの頃から工作が好きだった。私の記憶のなかでも兄はいつも木箱を作ったり机を作ったりしていた。鉱石ラジオを作ったり模型の帆船を作ったりしていた。よく秋葉原に材料を買いに行っていた。

兄はいかけやのおじさんの仕事に興味を持った。そしてよくおじさんのところに行ってはそのそばで仕事を見るようになった。そのうちおじさんは兄にハンダ付けのやり方などを教えてくれるようになった。兄は自分でやってみたくなり物置にしまってあった壊れた鍋や釜を修理し始めた。自分の家のものをぜんぶ修理し終えてしまうと近所の家にまで出かけて行ったのでいかけやのおじさんがこれでは仕事がなくなってしまうと笑った。

兄はあるときおじさんがときどき不思議なことをするのに気がついた。水を張った洗面器に息を止めたままずっと顔をつけているのだ。はじめ兄は暑いからそうやっているのかと思った。しかしおじさんは暑くなくなってからもそうした。しかも洗面器から顔を出したときには苦しそうに息をしていた。一度などあまり長く顔をつけているので兄は不安になっておじさんの顔を水から上げさせた。

そんなことがあってから兄はだんだんおじさんが気味悪くなって遊びに行かなくなった。それから兄は学校の授業でえんじゅの木の下の子どもの銅像の話を聞いた。

戦争の始まるずっと前、夏休みに近くの川で子どもが溺れた。それを助けようとして近くにいた上級生の子どもが川に入った。その子どもは小さな子どもを助けたが自分は溺れ死んでしまった。町の人がその死んだ子どものために銅像を作った。

兄はその話を学校で聞いたときいかけやのおじさんは死んだ子どもと同じ苦しみを味わおうと洗面器の水の中に顔をつけるのではないかと思った。そう思うと自分も息が苦しくなって銅像とおじさんのところに行くのはますます怖くなった。

秋の初めの夕方、兄は母に頼まれて買物に行った。その帰りにいかけやのおじさんのところを通った。人だかりがしていた。近寄って見るとおじさんが何人かの大人たちにからかわれていた。大人たちは鍋を蹴ったり、道具を蹴ったりしていた。おじさんの着ているものが汚いとからかった。誰もそれを止めようとはしない。子どもの兄にはどうすることも出来ず、ただ怖くて足がすくんでその場から動けなくなっていた。

おじさんは黙っていた。大人たちにされるままになっていた。兄はおじさんと目が合ったように思った。兄は目を伏せた。もう一度顔を上げると、おじさんが立ち上がったところだった。おじさんが大人たちに何かするのかと思ったがそうではなかった。

おじさんは子どもの銅像に「さあ、帰ろう」と言った。すると銅像が動いた。子どもの銅像は台座から降りるとおじさんのところに行った。おじさんはその手をつかんだ。そして二人は手をつないで墓地のほうに歩いて行った。夕暮れの薄い闇のなかに消えた。

おじさんはそれから二度と町に来ることはなかった。

兄からその話を聞いてから私はしばらく墓地とえんじゅの木のところには近づかなかった。中学生になってもうその話を忘れていたとき何かの折りにその前を通った。台座があるだけで銅像はなくなっていた。その上にえんじゅの薄黄の花が咲いていた。その夏、初めてえんじゅは木へんに鬼と書くのだと知った。

アプライトピアノ

新宿の町によく行くようになったのは大学に入ってからだった。秋に東京オリンピックの開かれた年で東京の町は新しく変わりつつあった。高速道路が出来た。新幹線が走り出した。中央線が中野から高架の工事が始まった。新宿の町もあちこちで新しいビルが建った。それまで木造だった紀伊國屋書店が六階建てのビルになった。新宿駅が新しくなりステーションビルが出来た。

そうした町の活気に誘われて学校の帰りに必ず新宿に立ち寄るようになった。そのうち学校に行かずに新宿に行ったきりになることが多くなった。ジャズ喫茶に入りびたったり朝から映画館に入ったりした。時には意味もなく町の雑踏を歩き続けた。ひと晩じゅう町にいて朝の一番電車で家に帰ることもよくあった。たいていはひとりだった。そのほうが気が楽だった。

新宿のなかでもいちばんよく行ったのは伊勢丹前に出来たアートシアターだった。私が高校三年生のときに開館した。ミニシアターで第一回の上映作品がポーランド映画『尼僧ヨアンナ』だったことでわかるようにヨーロッパの地味なアートフィルムの専門館としてスタートした。ベルイマンの『野いちご』も『第七の封印』もここで見た。黒白スタンダードの暗く陰鬱な映画が多かった。それまでハリウッド映画しか知らなかった人間にはその暗い風景が何よりも新鮮だった。ポーランドやスウェーデンの冬ざれの凍てついた風景が心に沁みた。

そのピアニストを初めて見たのはこのアートシアターでだった。フランソワ・トリュフォーの『ピアニストを撃て』を上映したときだった。私はアートシアターで映画を見るときはいつも二回見ることにしていた。その日もそうした。一回めの上映が終わり場内が明るくなった。休憩時間が十分ほどあった。ロビーに出ようとしたときスクリーンの前の舞台にアプライトピアノが運ばれて来た。そのあとに三十歳くらいの髪の長い男が現れピアノの前に坐った。そして男は客席に軽く会釈すると黙ってピアノを弾き始めた。そのときになってようやく私は『ピアニストを撃て』という映画に合わせた劇場側の軽いサービスなのだと気がついた。男は無表情に弾いた。軽く流しているという感じだった。私の知らない曲だった。バッハでもモーツァルトでもなかった。ショパンでもなかった。明るく軽い小曲だった。

男は弾き終わるとまた軽く会釈して舞台から消えた。客席から遠慮がちなまばらな拍手が起きた。平日の午後で客は少なかったし、思いがけないピアニストの登場に客はどう対応していいかわからなかったのだ。私も小さく拍手するしかなかった。

そのピアニストはそれきりアートシアターの舞台に出ることはなかった。私とは別の日に『ピアニストを撃て』を見たという知人にその話をしてみたが知人が見た日にはピアニストは出なかったといった。私が見に行った日だけ何かの拍子でそういうサービスが行われたらしい。

夏の終わり頃だった。私は夏休みで授業がないということもあって毎日のように新宿に通っていた。

その日も夜中の二時ごろの町を歩いていた。伊勢丹の前を通りかかるとショウウィンドウの前に十人ほど人だかりがしていた。私と同じような学生や酒を飲んでいて帰りそびれたサラリーマンだった。

見るとショウウィンドウのなかでディスプレイの作業が行われていた。秋のシーズンを控えて秋ものに模様替えされていた。三人ほどの男女が働いていた。それを他にすることもない学生やサラリーマンがぼんやりと眺めていた。私もそのなかのひとりになった。

マネキンが秋の服を着せられていた。秋の木がそのそばに立てられた。マネキンの足もとに犬が置かれた。それからアプライトピアノが運び込まれた。すべてが終わったとき作業員のひとりがアプライトピアノの前に坐った。そして作業を眺めていた人間たちにおどけて恭々しくお辞儀するとピアノを弾き始めた。

それはアートシアターで『ピアニストを撃て』を見たときに聞いた曲と同じ曲だった。作業員はあのときのピアニストだった。あのときと違って彼は楽しそうだった。短い曲が終わると見ていた人間たちが自然に拍手した。私も拍手した。その頃はショウウィンドウの前は二十人くらいの人だかりになっていった。彼は笑顔でもう一曲弾いた。明るく軽い曲だった。それが終わると彼は立ち上がり私たちに深々とお辞儀してショウウィンドウから消えた。あとにはマネキンと犬とアプライトピアノが残った。私たちはまた大きく拍手をした。そしてそれぞれ別方向に散っていった。何年かたって私はそのとき彼が弾いた曲はスカルラッティのピアノソナタだったということを知った。

橋からの眺め

八月のなかば、台風が去ったあとの早朝、隅田川に架かる隅田川大橋まで歩いた。仕事で泊まっている人形町の小さなホテルから橋までは歩いて十分ほど。台風のあとの水かさを増した川を見たかった。

町にはまだ強い風が残っていた。ときおり風に雨がまじっていた。朝早いこともあったし、お盆の帰省が始まったこともあって町にはいつになく車の姿も人の姿も少なかった。町はがらんとして通りには並木のトウカエデやプラタナスの葉が強い風に吹き落とされ、あちこちの水たまりに重なり合っていた。

箱崎のシティエアーターミナルもまだ開いていなくて空らのタクシーが数台止まっているだけだった。この付近は近年オフィスビルやマンションが次々に建ち、空がどんどん遠くなっている。高い建物は人も車もいない町のなかでは、ひとつひとつ孤立しているように見える。

橋に近づくと高い建物はさらにふえてきて町を歩いているより、無人の工場のなかを歩いているような気さえしてきた。

これまで隅田川大橋を歩くことはほとんどなかった。十年ほど前に作られたこの橋は人が歩くための橋というより車が走るための橋で、橋というより高速道路と呼んだほうがいい殺伐とした建造物だったからだ。しかもその高速道路は二階建てになっていてとても人が歩けそうな橋には見えなかった。隣りの、上流の清洲橋と下流の永代橋がアーチの美しい優美な橋なのでいっそうその殺伐さが際立ってしまった。

長いことそう思っていたのでこの橋に近づいたことはまったくなかった。そもそもここは高速道路と思っていたので人の歩ける歩道があるとも知らなかった。

ひと月ほど前、深川の江戸資料館に行った帰り初めて橋を渡った。橋そのものは思ったとおり車がフルスピードで走り抜ける高速道路だったが、橋からの眺めは思ったよりもきれいだった。上流には清洲橋が、下流には永代橋と佃大橋が見えた。とくに下流の眺めが素晴らしかった。隅田川沿いに次々に建てられてゆく高層ビルが川に浮かんでいるように見えた。水量の多い川がビルを支えているようだった。

それからときどき橋からの眺めを見に足を運んだ。早朝に来ると車の量も少なくビルの屋上から川と町を見下ろしているような爽快感があった。

コンクリートの階段をのぼると目の前に急に隅田川が開けた。この、川が見える瞬間が好きだった。急に視界が開ける。一気に遠くの川、遠くの建物、遠くの空が見えてくる。その遠い風景に一瞬身体が消えてゆきそうになる。

橋の真ん中に立った。台風の名残りの風が強く手すりにつかまらないと吹き飛ばされそうだった。車が通るたびに橋が揺れた。大雨のあとで川は水かさを増し流れはいつもより速かった。ふだんは黒ずんで見える川の水が近くでは薄茶色に遠くでは明るい青色に見えた。上流から運ばれて来たらしい折れた木の枝が橋の下を通り抜けてたちまち永代橋のほうに流れて行った。

橋の上には私だけでなく四、五人の人間がやはり手すりにつかまっていつもとは違った川の様子を見ていた。老人がいた。自転車に乗った中学生くらいの男の子がいた。これから勤めに出るらしいネクタイをした中年の男がいた。みんな黙って川を見つめていた。話しかける者は誰もいなかった。

橋のたもとに川に面して外資系の会社の長方形のビルが建っている。その前には緑地が作られている。以前は川に人が近づけない堤防だったところが親水性のテラスに作り変えられていてテラスはそのまま川に接している。テラスを降りて行けば誰でも川の水に触れることが出来る。一年ほど前に出来た水辺の新しい空間だった。夜などそこで親子連れが花火をしたり、若い男がひとりでトランペットの練習をしたりしていた。

そのテラスのほうを見るともなく見ると赤い服を来た女の子がひとりいた。赤い服はレオタードだった。髪をうしろで白いスカーフで束ねていた。高校生くらいだろうか。女の子はスニーカーをはいてテラスの上下左右を激しく動きまわっていた。テラスを舞台に見立ててダンスの練習をしているのだとわかった。ダンスというよりパフォーマンスといったほうがいいか、彼女の動きはしなやかで、動きまわっていたかと思うと急に身体を縮ませたり変幻自在だった。鳥の動きを模しているようだった。自由に空を飛んでいた鳥が撃たれたか嵐に巻き込まれたかして飛べなくなる。鳥は死んでしまう。しかし仲間たちに助けられて再生したらしくまたもとのように高く高く飛んで行く。

私だけでなく橋にいたものはみんな彼女に気がついた。そして川に面したテラスで踊り続けている彼女の姿に目を奪われた。彼女の動きを見ていると遠くから音楽が聞えてきそうだった。

そのとき雨雲が一瞬切れた。突然雲のあいだから光がさしこんだ。テラスはちょうど朝日の出る東に面していた。光は緑の芝生に突き刺さった槍のようにまっすぐテラスにぶつかった。その光のなかに女の子がいた。レオタードがガラスのように光った。その瞬間女の子は舞台でスポットライトを浴びたように光のさしてくる方向にゆっくりと深くお辞儀をした。川面《かわも》が強い風で白く波立った。

夜のショウウィンドウ

夜の銀座通りも京橋を過ぎると極端に人通りが少なくなる。八時をまわる頃になるとここが東京の中心かと思うほどひっそりとしてくる。京橋から日本橋にかけては銀行やオフィス・ビルが多い。そのために夜になると一種の過疎地になってしまうのだろう。昼間ににぎやかなだけに夜の閑散とした様子はいっそう際立つ。

その静けさが好きで銀座で遅くなったときはこの通りをよく歩くようになった。ちょうど地下鉄の半蔵門線の始終駅が日本橋の三越前だったころで銀座からそこまで歩くと始発の電車にゆっくり坐れるという便利さもあった。

六時からの試写会で映画を一本見て外に出ると八時をまわっている。四丁目の交差点のあたりはにぎやかだが京橋の高速道路を過ぎるともう別の町になったようにひっそりとしてくる。街灯はもちろん輝いている。ビルのショウウィンドウも明るい。ライトアップの演出がほどこされている街路樹もある。町には光があふれている。それなのに人の姿はほとんどない。町を歩いているというより博物館を歩いているような気持になってくる。

何度か歩いているうちに商店のショウウィンドウを眺めるのが楽しみになってきた。銀行とオフィスばかりのこんな通りにも思ったよりは商店がある。果物屋、レストラン、本屋、洋服屋、小間物屋、文房具屋。どの店もとっくに店仕舞いしている。ショウウィンドウにだけ明かりがついている。そのなかに商品がまるで人形か花のようにていねいに飾られている。果物屋にはメロンとマスカット、レストランには楽譜のようなメニュー、本屋には植物図鑑、洋服屋には礼服、小間物屋には毛糸の玉、文房具屋には地球儀。人間に使われるものが人間の姿が消えてしまった夜の町でかえってその形、質感、輪郭をはっきりさせて光のなかで静かに息づいている。それをひとつひとつ見てゆくのが楽しかった。

夏が終わって秋に入っていた。日が次第に澄んでくるころだった。ある夜、いつものようにひとりでショウウィンドウを眺めながら歩いていた。すると十メートルほど先きの商店のショウウィンドウの前に人がひとり立っていた。なかをじっと覗き込んでいた。中年の男性だった。黙って何かを見つめていた。ほとんど身動きしないで見ていた。近づきがたい雰囲気があった。私は男の手前数メートルの文房具屋のところで立ち止まった。男は五分ほどそこにいたろうか。やがて日本橋のほうへ歩き出した。

それを見送って私は男がいま立っていた店のところへ歩いた。包丁やナイフを売っている刃物屋だった。ショウウィンドウには研ぎ澄まされた包丁がいくつも円型に並べられていた。壁には同じようにナイフが円型に並べられている。包丁もナイフも秋の月のように冷たく光っていた。

それから何日かたってまた通りを歩いていると刃物屋のショウウィンドウの前に人が立っていた。こんどは若い女性だった。紺のスーツを着たOLらしい女性だった。彼女もこの前の中年の男と同じようにじっとショウウィンドウのなかを見つめていた。

老紳士が立っていることもあった。子どもが立っていることもあった。気がつくといつも誰かが刃物屋の前に立っていた。包丁を見ているのか。ナイフを見ているのか。それはわからなかったがいつも誰かがいた。

十月のなかごろだった。六時から銀座の四丁目にある試写室で映画を一本見た。三十年ほど前のドイツ映画だった。船員が見知らぬ町でパスポートをなくしてしまい自分を証明出来なくなり別の人間になってカスバのような裏町で暮してゆくという物語だった。

映画が終わって銀座通りに出た。九時に近かった。四丁目の交差点のあたりにはもう酔客がいた。それを避けて日本橋のほうへ歩いて行った。京橋の高速道路の下をくぐると人通りは少なくなった。静かだった。自分の書斎に入ったような安堵感をおぼえた。満月に近い冴えた月が通りの上に出ていた。

レストランのショウウィンドウでメニューを眺めた。文房具屋で地球儀を見た。本屋で植物図鑑を見た。それから——。その夜は刃物屋の前には誰も立っていなかった。私は初めてゆっくりとショウウィンドウのなかを見た。さまざまな形の包丁があった。ナイフがあった。ナイフの切っ先はどれも指で触れただけで血が出そうに研ぎ澄まされていた。

子どもの頃、母が夜ひとりでナイフをいじっているのを見たことがあった。十センチほどの銀色のナイフだった。母は電灯の下で刃を出したり戻したりしていた。私は怖くなって母に声をかけた。母は振り向くと、そのナイフは死んだ父が大事にしていたナイフでドイツのゾーリンゲンという町で作られたものだといった。ゾーリンゲンという不思議な響きのする名前が忘れられなかった。

刃物屋のショウウィンドウのなかにゾーリンゲンのナイフがあった。あのとき母が持っていたナイフと同じ形をしていた。鈍く銀色に光っていた。

倉庫の町

新大橋を渡って深川の町に入ると次第に人のざわめきも花火の音も遠のいた。音が路地の町の薄闇に吸い取られて消えてゆくようだった。どこの家にも灯りがついている。なかから子どもの声やテレビの音が聞えてくる。しかし不思議に通りには人の姿は少ない。歩いているのは私のような他所から来た人間くらいだろう。日が暮れて友だちがみんな家に帰ってしまい自分ひとりが原っぱに取り残されたあの子どもの寂しい気分を思い出した。

七月の終わりの土曜日、銀座で映画を見たあと思い立って浜町河岸まで足を伸ばして隅田川の花火を見に行った。花火は上流の吾妻橋のほうで打ち上げられる。そこはすごい人だろうからはじめから行く気はなかった。浜町あたりならそれほど人が出ていないだろうと思っていたのだが来てみると思ったよりも混雑していた。川沿いの道は上に高速道路の走っている殺風景なところでふだんはほとんど人がいない。しかしその夜は交通整理の人間が出るほど人があふれていた。屋台まで出ていた。若い人が多く花火大会というよりロックのコンサートのような雰囲気だった。

人ごみのなかで遠くの夜空に上がる花火を眺めた。川沿いには高いビルが多く花火はビルの上のネオンにまぎれてしまって鮮やかに見ることは出来なかった。私が来たのは七時過ぎだったがそのあとからも人がどんどん集まって来た。前後左右から人に押されてじっと立っていることも出来なくなった。花火見物をあきらめて新大橋を渡った。深川の町を歩いて東西線の木場駅まで出るつもりだった。

深川の路地の町は気をつけて見るとあちこちに小さな神社や祠がある。関東大震災や空襲の犠牲者の慰霊塔が忘れられたように立っている。お盆の頃など夜その前で老人が黙然と手を合わせたりしている。路地でおばあさんが孫たちと迎え火をたいていたりする。夜の静かな町でそういう光景をぼんやり眺めているのが好きだった。路地のひとつひとつに死が寂然と沈んでいるような気がした。そういえば隅田川の花火も江戸時代にこのあたりにコレラが流行し多数死者が出、その死者を供養するために始められたものだといわれている。

仙台堀川を渡って佐賀町に入るとそこは倉庫が多い町であたりはさらに静かになった。車も人の姿も少なくなり倉庫にはさまれたがらんとした通りは劇場の舞台のように見えた。

遠くからときどき聞えてくる花火の音がかえってこのあたりの静けさを際立たせた。

まだ物心もつかない子どもだったころ私は花火の音を怖がって泣いたことがあったと母に聞いたことがある。母はあるとき私や兄たちを連れて映画を見に行った。私は三歳か四歳だった。フランス映画で花火が何度も打ち上げられるシーンで私は突然泣き出した。あまりに激しく泣くので母は仕方なく私を連れて映画館を出た。戦争中に東京に生まれた私は赤ん坊のとき空襲の音に何度もおびえた。映画のなかで花火が打ち上げられたとき子どもの私はそれを空襲の音と思い込んでおびえて泣いたらしい。

倉庫のあいだを歩いていると小さな掘割に出た。昔このあたりにたくさんあった掘割の名残りで近年になって区が保存しようとしているのか掘割に沿って散歩道も作られている。しかし夜のこの時間には歩いている人間は誰もいない。掘割の向うはかなり大きなマンションでその灯りが水に映っている。掘割には小さな橋が架かっている。その橋の上に立って水を見ていると、足もとの橋がかすかに揺れているように思えてくる。

橋を渡るとまた大きな倉庫が並ぶ道になる。もう花火の音も聞えてこない。その通りで小学生くらいの男の子が自転車に乗っていた。行ったり来たりしている。両手を離して自転車に乗る練習をしているらしい。しかしその子どもは私に気がつくと人に見られるのが嫌なのか右に曲がって別の通りに行ってしまった。子どもは両手を離したまま器用に自転車を操って角を曲がって行った。

私はその角を子どもとは反対のほうに曲がった。そこにも両側に倉庫が並んでいる。街灯の白い光に照らし出された通りは現実感がない。倉庫の横に清涼飲料の自動販売機が二つ並んでいる。その先きに建築中のガソリン・スタンドがある。生活の気配はあるのに人がいない。仕事の途中で何か事件があって人がみんな帰ってしまったみたいだった。

どこからかザアーッという金属がこすれるような音がした。音はだんだん大きくなる。右側の角から大きな車が現われた。散水車だった。夜の人のいない道をブラシで掃除しては水をまいてゆく。車は角を曲がると私の前を走る形になった。私は車のあとを歩いていった。ゆっくりと進んでゆく散水車が霊柩車のように見えた。

試写室のホタル

家から自転車で十五分ほど行った町に古本屋が一軒ある。小さな町の古本屋にしてはしっかりとしていて古書店といいたいほどいい本が揃っている。町の古本屋にありがちなマンガの本やポルノ雑誌などをいっさい置いていない。老主人の頑固な主義なのだろう。

六月のはじめ、三日ぶりに雨が上がって晴れ間が見えた日、私は自転車でその古本屋に行った。文学書の棚にある女性作家の随筆集があった。十年ほど前に死んだ地味な作家のものだった。八十年近い生涯だったが作品の数は少なかった。全集が出ていたが三巻しかなかった。しばらくその作家のことを忘れていた。確か何冊か作品集を持っていたはずだが書棚のどこに入れたか忘れてしまっていた。

懐かしくなってその随筆集を買った。家に帰ってぱらぱらと拾い読みをした。なかに映画の試写会のことを書いた小さな文章があった。ひとりでときどき試写室で映画を見るのが楽しいと書いてあった。

——それではあのときの女性はやはり彼女だったのかもしれない……。

十年以上前になる。映画の評論を書くようになってから定期的に試写室に通うようになった。そのころ東銀座の昭和通りに面したところにフィルムビルという、映画会社が三つ入っているビルがあった。そのなかに三社の試写室があった。一日、その三つの試写室を順にまわって映画を見ることが出来た。

その頃の試写室は長いキャリアのある高名な映画評論家たちの場所であり、三十歳になったばかりの私などなかに入るのがはばかられるような厳粛な雰囲気があった。私はなるべくうしろの隅のほうの席に坐るようにしていた。

その日もW社の試写室で私は少し早目に行ってうしろの席に坐った。試写が始まるまで十分ほどあり試写室はまだ空いていた。私が席に坐ってすぐに試写室に老婦人が入ってきた。見たことのない顔だった。映画評論家ではなかった。和服を着ていた。試写室で和服を着た女性などこれまで見たことがなかった。珍しかった。誰だろうと、気になってその女性の顔を何度も盗み見た。

彼女は私の隣りの席に坐った。他に空いている席がたくさんあるのにわざわざうしろの席に坐ったのは映画評論家ではないので遠慮してそうしたように見えた。

試写室はだんだん混んできた。和服の老婦人は珍しかったのでみんなおやっという顔をして彼女を見たが、彼女は誰とも挨拶をかわさなかった。映画界の人間ではないのだろう。映画が始まった。アメリカ映画だったがどんな映画だったかまでは憶えていない。憶えているのは途中の小さな出来事だ。おそらくは彼女の隣りに坐っている私しか気づかなかった小さな言葉だ。

試写室の暗闇のなかで映画はうしろの映写室から映される。光の束が前方のスクリーンに映像を結ぶ。その光の束のなかに何かの拍子で虫が飛び込んだ。はじめ埃かと思ったが小さな羽虫だった。それが光の束のなかを飛んだ。時間にすれば数秒のことだったが、光のなかをちらちらと動く虫の姿は気になる人間には気になった。虫は光のなかで白くきらきらと光った。思わず目がスクリーンからそれて虫のほうに行った。

その瞬間、私の耳に隣りの老婦人の呟くような小さな声が聞えた。「ホタルだわ」。確かに光のなかで白く光る虫はホタルのように見えた。虫はすぐに暗闇に消えた。

映画が終わって試写室のなかはまた明るくなった。私は老婦人の顔を見た。どこかで見たことのある顔だと思った。ある女性作家の顔によく似ていた。七十歳を過ぎていた。明治のなかごろに東京の麻布に生まれ、昔の東京の町の様子をよく書いていた。私はそれが好きだった。しかしそんな地味な純文学の作家が試写室に来たりするだろうか。新しいアメリカ映画など見るだろうか。

気になったので試写が終わったあと私は宣伝部の知人にさっきの和服の女性は誰だろうと聞いてみた。しかし知人も知らなかった。

古本屋で買った女性作家の随筆集を読みながらそのときのことを思い出した。彼女は随筆のなかで映画の題名まではあげていなかったが、随筆が書かれた時期はあのときとほとんど一致する。やはり私の隣りに坐って「ホタル」と呟いたのは彼女だったのではないか。私にはそれは間違いないように思えた。

なんだかうれしかった。それから書庫とは名ばかりの、本を押し込んである小部屋に行って本棚を探した。奥のほうからその女性作家の作品集が二冊出てきた。埃をかぶってしまっていた。その埃をハンカチで拭って本を開いた。

ペーパーウェイトのある店

その店は大通りから少し奥に入った小さな通りの角にあった。表通りは銀行や証券会社の新しいビルが建ち並んでいるのに通りを一本奥に入ると小さな個人商店が軒を並べる昔ながらの商店街が残っていた。

その店は三階建ての横長のビルのなかにあった。昭和のはじめに建てられた建物で窓はいわゆるアールヌーボー風で上の部分が曲線になっていた。一階は右半分が瀬戸物屋で左半分がその店になっていた。

古い建物だったので天井が高く、なかに入ると薄暗く、空気がひんやりと感じられた。蔵のなかに入ったようだった。天井にはプロペラ式の扇風機がついていた。夏はそれだけでも涼しかった。

もともとは自転車屋だったらしく入口のところに昔の自転車メーカーのマークがまだ飾

りのように取り付けられていた。店は間口は狭いが奥行きがありなかに入ると思ったより広かった。店のなかは三つに仕切られていて、それぞれ自転車、若い女性の服、雑貨の売場にわかれていた。自転車はすべてスポーツ車だったし、雑貨は若い女性の好きそうな小さなアンティークや文房具だったところを見ると近くのオフィスに勤めるＯＬを相手に作られた店のようだった。ひとりだけの店員も二十歳前後の若い女性だった。

その店は知人の画廊に寄ったあと偶然に見つけた。知人は父親のあとを継いで古美術商をしていた。古いものを扱うだけではあきたらないらしく画廊を開いた。日本画の新作の画廊だった。秋のはじめに開いたばかりの画廊に寄ってみた。知人は、日本画の画廊だから老人の客ばかりと思っていたが案外若い女性が多いとうれしそうにいった。

画廊の帰りに町を歩いていてその店を見つけた。新しいビルのなかに取り残されたように建っている古い石造りの建物の量感に心ひかれた。自転車と女性の服には縁がなかったので雑貨の売場をのぞいてみた。古いもの新しいもの、日本のもの輸入されたもの、値段の高いもの安いものといろいろなものがないまぜに置いてあったがひとつひとつていねいに並べられラベルには商品名と値段が手書きで書かれていた。店というより若い女性の店員が自分が子どものころから集めた大事な小物のコレクションを見せているという感じがした。

ブリキの自転車、オルゴール、ダックスの鉛筆削り、ペーパーナイフ、カランダッシュの色鉛筆、蓄音機とSPレコード、縁日で売っているような水中花、ロウセキとビー玉、黒いエボナイトの万年筆、ポストカードとシール、寒暖計、万華鏡、虫眼鏡、バックル、硯、フクロウの形をした栓抜き、天球儀、貝の化石。

いろいろなものが置いてあった。子どもの頃の自分の部屋に戻ったような懐かしい気がした。エボナイトの万年筆と万華鏡を買った。ショートヘアの似合う若い女性の店員がていねいに紙に包んでくれ赤いリボンをかけてくれた。赤いリボンはさすがに恥ずかしかった。贈りものにすると思ったらしい。

それから思い出すとその店に行くようになった。やがて週に一度は行くようになった。そのころ私はペーパーウェイトを集めていたのでなかにカトレアの花の入っているバカラやグリーンオニックスを見つけたりすると喜んで買うようになった。ショートヘアの似合う店員は私の顔を覚えてくれてひとことふたこと挨拶をかわすようになった。表通りで偶然会うと笑顔を見せてくれたりした。

ある時、オルゴールを買った。彼女はそれを包みながら、お母さんへのプレゼントでしょうと笑ってリボンに赤いカーネーションをひとつさしてくれた。この年齢になって母の日の贈りものなどしないといおうとしたが彼女の笑顔を見ているといえなかった。店を出てからこっそり赤い花を捨てた。

次にペーパーナイフを買った。今度は彼女はお父さんへのプレゼントねといって父の日のカードを添えてくれた。父はとうの昔に死んでいるとはいえなかった。

梅雨があけて夏の日ざしが強くなった頃、その店に入ると彼女が笑顔で、キミも来ない？　といって一枚の紙をくれた。そこにはこんどの土曜日に子どもたちのサイクリング・ツアーがあるとくわしく予定が書いてあった。私はそれを手にしたまま店を出た。居心地が少し悪くなっていた。彼女は私の子どもを誘ったつもりだったのだろうか。それとも四十歳を過ぎてこんな店に来る私を少し変わった人間と見ているのだろうか。あるいはあの店に入るとオルゴールやブリキの玩具のなかで客はみんな子どもに見えてしまうのだろうか。

それから私はその店に行かなくなった。銀座にもう一軒気に入った店を見つけたこともあってその店のことを忘れた。

秋になって知人から新しい画家の個展を開くから来ないかと手紙があった。台風が接近してきて風が強い日、その町に久しぶりに出かけて行った。夕方、オフィスの退け時で表通りはサラリーマンやＯＬで混雑していた。そのなかを彼女がこちらに歩いてくる姿が見えた。ショートヘアの彼女は目立った。彼女だけが別の人間のように見えた。視線が合ったので挨拶をしようとした。しかし彼女は私に気がつかなかったらしく人ごみに消えてしまった。

画廊の帰りその店に寄ってみた。店のあったビルはなくなっていた。整地になっていてオフィスビルの建設予定地という看板が立っていた。台風の風でそれがかたかたと鳴った。

ジャワの切手

掘割に架かった小さな橋を渡ると右側にそのあたりでは大きな寺がある。境内にはケヤキとクスノキの大木がある。戦災で焼け残った木で町の人は神木として大事にしている。本堂の並びには幼稚園がある。幼稚園の奥は墓地になっていてまわりには四、五階建てのマンションが建っている。

昼間行くと周囲がにぎやかなためにそこに古い寺があることも気づかないほどなのだが夜になると車も人も減って静かになり急にその寺が大きく感じられてくる。黒々とそびえているケヤキとクスノキが夜の冷気のなかで生き生きと見えてくる。

夏のはじめにその寺を知ってから何度か町歩きの途中に立寄るようになった。銀座で用事をすませたあと夕暮れの隅田川を渡ってその町に行く。掘割を渡り、人の姿のない境内でケヤキとクスノキを見上げる。それだけで心がなごんだ。

八月のはじめ、銀座で打合せをすませたあと隅田川を渡り、掘割を渡った。七時を過ぎていたがあたりはまだうっすらと明るく昼間の暑気も残っていた。寺の境内に入ったとき本堂の前に人影があるのに気がついた。子どもだった。人に会いたくなかったので視線を合わさないようにして境内から表通りに出た。自分だけの場所が他人に損なわれたような軽い違和感があとに残った。表通りからすぐに地下鉄に乗って家に帰った。

五日ほどして銀座に出た帰り、また隅田川を渡り、掘割を渡ってその寺に行った。暑い日だった。夜になっても温度が下がらなかった。本堂の前にまたこのあいだの子どもが立っていた。半ズボンをはいてリュックサックを背負っている。小学校の五、六年生だろうか。最近目立ってふえてきた、夏休みに電車の各駅のスタンプを集めてまわっている子どもらしい。手に大事そうにスタンプブックを持っている。

私はまた視線を合わさないように境内を通り抜けて表通りへ出た。

それから一週間ほど仕事が忙しくなり町歩きに出かけなかった。八月のなかばになって久しぶりに銀座に出た。喫茶店で雑誌の編集者に原稿を渡しそれから町に出た。ちょうどお盆のときで町には車も人も少なく町はがらんとしていた。通りを吹き抜ける風がいつもより気持よく感じられた。

その寺に着いたときは夜の七時ごろになっていた。本堂の前にまた子どもがいた。子どもは階段のところに坐っていた。疲れたような様子だった。子どもがいつも夜こんなところで何をしているのだろう。

私は子どもに気分でも悪いのかと話しかけた。子どもは学帽をぬいで汗を手ぬぐいでぬぐっていた。最近の子どもには珍しく坊主頭だった。子どもは私に大事そうに持っていたスタンプブックを差し出した。受け取ってなかをぱらぱらと見ると切手が何枚も入っていた。切手のストックブックだった。一枚一枚きれいに整理され保存されている。インドネシアや台湾の風景の珍しい切手が何枚もある。

子どもはそれからぽつりぽつりとこんな話をした。その切手のストックブックは実は自分のではない。友だちに借りたもので事情があって返しそびれてしまった。友だちが大事にしていたもので気になって仕方がない。返そうと思ってこの町に来るのだが何回来ても友だちの家が見つからない。今日も見つからなかった。もう家に帰らないといけないのでこれ以上友だちの家を探していられない。本当にどうしたらいいんだろう。

そういって子どもは老人のように溜め息をついた。それから学帽をかぶりリュックサックを背負い町の路地に消えていった。

私はいま見たばかりの美しい切手のことを考えていた。あれはバリ島の水田やボロブドゥールの寺院ではなかったろうか。暗いなかで見たのではっきりしなかったがかなり古い珍しい切手ではないだろうか。

それから二度ほどその寺に行ってみたがもう子どもの姿はなかった。

秋になってある日私はあの切手のことが気になっていたので銀座のデパートのなかにある切手の専門店に行ってみた。切手マニアの初老の主人に図柄を説明してこういう切手はないかと聞いてみた。主人はしばらくいろいろなカタログを見ながら心当たりの切手を調べてくれた。いくつかそれを見せてもらったが私の記憶のなかのものとは違う。

もしかするとあれかもしれないといって主人は古いカタログをひっぱり出してきて調べ始めた。そしてこれではないですかといって見せてくれた。水田の切手、ボロブドゥールの寺院の切手、神鳥ガルーダの切手、影絵劇に使う人形ワヤン・クリットの切手。子どもが持っていたのと同じ切手だった。不思議なことにそれはインドネシアの切手ではなく「ジャワ」と書いてあった。

初老の主人はその切手は戦争中に日本がインドネシアやフィリピンや台湾を占領していたときに発行したいわゆる「占領切手」のひとつでいまではとても珍しいものになっているといった。

念のために発行年度を聞くと昭和十八年のものだということだった。私の生まれる一年前ということになる。店にはその切手はなかった。私は切手の写真がのっているカタログだけを買った。そしていつかその切手が手に入ったら連絡してほしいと頼んで店を出た。

勝鬨橋

六月の銀座は急に緑が深くなる。

ついこのあいだまで柔らかな新緑を見せていたケヤキの葉が、いつのまにか堂々とした色を見せるようになっている。

丸ノ内線の銀座駅から、数寄屋橋の交差点に出ると、平日の昼前だというのに、思ったより人が多い。交番の前には修学旅行の中学生たちがいるし、宝くじの売り場には長い行列が出来ている。

人の群れから離れて、有楽町駅のほうへ二十メートルほど歩いた植込みのなかに、その碑はあった。石原裕次郎が歌ってヒットした「銀座の恋の物語」の歌碑である。

これまで何度もこの前を通っているのに、うかつにも気がつかなかった。数日前、図書館で古い新聞の縮刷版をめくっていて、存在を知った。近く出版する、映画に見る東京という本に載せようと写真を撮りに出かけた。

歌碑に向かってしゃがんでカメラを構え、シャッターを二度ほど押したとき、うしろから「おじさん」と声を掛けられた。振向いて見上げると、セーラー服を着た女の子が立っている。さっき交番の前にいた修学旅行の中学生の一人らしい。

女の子はコンパクトカメラを遠慮がちに差し出すと「私の写真、撮ってください」という。顔が少し、普通と変わっている。ちょっと土偶のような表情をしている。

「どこで撮る？」カメラを受け取って聞くと、女の子は、歌碑の前にちょこんと立った。

「この碑のこと知ってたの？」

女の子は、うん、と強くうなずく。そこを狙ってシャッターを押した。きっと親のどちらかが、この歌が好きで、修学旅行で東京に行く女の子に写真を撮ってくるように頼んだのだろう。

カメラを返すと、女の子はこちらが恥しくなるほど深々と頭を下げた。

通りを渡って銀座教会の前に出て、ソニービルのほうへ歩いた。昨夜の雨で、ケヤキの葉が瑞々しい色を見せている。銀座は意外に緑が多い。数寄屋橋の交差点から勝鬨橋に向かう晴海通りはケヤキ並木になっているし、並木通りにはサクラが植えられている。他にも小さな通りには、コブシ、ヤナギ、ハナミズキが植えられている。新緑のころから、六月の梅雨どき、銀座は思いがけずに緑の通りになる。

交差点を渡ってソニービルの前に来たとき「おじさん」とまた声がした。振返ると、さっきの女の子がいる。歌碑の前からずっと、あとをついてきたらしい。

「かちどきはしってどこですか」

いまどき珍しくほっぺたが赤い女の子は、大事のことをやっと口にしてほっとしたという顔をした。

「えっ」と聞き返すと、女の子は制服の胸のポケットから折りたたんだ紙を「これ」といって差し出した。

見ると、鉛筆で地図が書いてあって「かちどきはし」と印がついている。「勝鬨橋」のことだった。

「勝鬨橋って、むこうだけど」と方向を指してやった。「真っすぐ行けばいいけど、ここからだと遠いよ」

地図を返すと女の子は、うつむいて、じっとそれを見ている。簡単な地図だからすぐ近くに思えたのだろう。

「そこにバス停があるから、バスに乗ったらすぐだよ」

女の子は黙って地図を見ている。なにかひとりごとをいっている。仕方がないので、交差点の向うのバス停まで連れていってやることにした。

「友だちはいないの？」

交差点を渡りながら聞くと、困ったように顔をしかめて、「みんな宝塚やマリオンに行っちゃった。はしに行きたいのはわたしだけだった」という。

福島県から来た中学生らしい。制服の胸のところに学校名と名前が書いてある。東京の派手な女の子を見慣れた目には、昭和三十年代の中学生のように見える。

「ほら、このバス停で、来たバスに乗ればいい。五つめくらいだけど、運転手さんに、勝鬨橋で降ろして下さいと頼んでおくといい、いい、かちどきばしだよ」

女の子はちょっと頼りなさそうな表情を見せたが、すぐに気を取り直してうなずいた。心配になったので、デパートのショッピングバッグを持った買物帰りらしい中年の女性に、女の子のことを頼んで、バス停を離れた。

天賞堂の前を過ぎ、和光の交差点のところまで歩いてきたとき、うしろから女の子がついてきているのに気づいた。

「どうしたの、バス、わからないの」

女の子は、ちょっと黙ってからいった。

「おじさん、タバコの匂いがしないね。タバコの匂いのしない大人の人に会ったのはじめて」

なんと答えていいかわからない。

「はしまで歩くことにしたの。いつも学校に行くときも三十分以上歩いているから平気」と女の子はいう。

数寄屋橋で歌碑の写真を撮ったあとは、築地の聖路加病院の古い塔の写真を撮る予定だった。同じ方向だ。途中まで、送ってやることにした。女の子は、少し離れてついてくる。土偶のような顔は、表情に乏しい。

昭和通りを渡り、歌舞伎座の前に来ると、タバコか何かの新製品のキャンペーンで、白いミニスカートをはいた若い女性たちが風船を配っている。女の子はそこに走っていって赤と黄色の風船をもらっている。振向いて目が合うと、はじめてにこっと笑った。

歌舞伎座を過ぎ、旧築地川に架かった万年橋を渡る。築地川は東京オリンピックのころに埋め立てられ、そのあとは高速道路になった。女の子は、橋の上から、こわがりもせず、下の高速道路を走る車の流れを見ている。

なぜ勝鬨橋に行きたいのか聞いてみると、女の子はつっかえ、つっかえしながら、こんな話をした。彼女の祖父は、若い頃に、東京に出稼ぎにきた。ビルの工事現場で働いた。飯場が隅田川の近くにあって、毎日のように勝鬨橋を見ていた。それが東京の思い出になった。だから、孫が修学旅行で東京に行くと聞いたとき、写真を撮ってきてくれと頼んだ。この女の子の祖父なら七十五、六歳だろうか。おそらく東京オリンピックを控え、東京のあちこちで工事が行われていたころに、出稼ぎに来たのだろう。そして、その頃はまだ船が通るときにハネ橋のように、橋の真中から左右に開いていた勝鬨橋が印象に残ったのだろう。

お祖父《じい》さん、なんの仕事をしていたのと聞いたとき、女の子が「土木関係です」とそこだけ大人の言葉を使ったのが可笑しかった。

新大橋通りを渡る。左手に築地本願寺、右手に築地の市場が見えてくる。ここまで来れば勝鬨橋はもうすぐそこだ。

「ほら、あの先きに橋が見えるだろ、あれが、か、ち、ど、き、ば、し、だよ。じゃ、おじさん、用事があるから、ここでね」

そういって女の子と別れ、逃げるように左の路地に曲がった。二十分近く一緒にいて疲れてしまったし、これ以上、他人に関わりたくないという気持が正直なところあった。

築地本願寺のインド風の大伽藍を左手に見ながら、聖路加病院に向かった。ここは最近、高層の建物に建て替ったが、昔からの礼拝堂の塔だけは残した。その写真を撮った。

新しい聖路加のタワービルは隅田川に面していて、テラスが水辺まで作られている。そこに降りて風に当った。下流を見ると勝鬨橋がすぐ近くに見えた。

女の子は、どうしただろう。別れ際、無表情だったからわからなかったが、女の子は、置き去りにされて心細かったのではないか。そういえば、さよならと頭を下げることもなく、ただその場に立っていたような気がする。

急ぎ足で晴海通りに戻った。

左に曲ると目の前がもう勝鬨橋だ。橋の上に出ると急に潮の匂いがしてくる。カモメが数羽飛んでいる。東京湾が広がって見えてくる。

女の子は、橋の下流側の真中のところに立っていた。背が低いので、欄干に視界が妨げられるのだろう、さかんに背伸びを繰返しながら、海のほうを見ている。

十メートルくらいまで近づいたとき、女の子はこちらを振向いた。そしてにこっと笑った。その瞬間、握りしめていたふたつの風船が手を離れた。赤と黄色の風船がゆっくりと空を上がってゆく。女の子は、にこにこしながらそれを見上げていた。

晴海へ

銀座裏の画廊から電話があった。

以前、その画廊で一枚の銅版画を買い求めたことがある。Sという日本の版画家の小さな作品である。こんど画廊でSさんの回顧展を開くので、私のところにある作品を出展してもらえないかという。

回顧展と聞いて驚いた。

ご存命ではなかったのですか？

Sさんはたしか、私と同じ年齢である。これからの活躍が期待されていた人だ。それなのに回顧展とは。画廊の人の話では、三年前に脳腫瘍で亡くなったのだという。享年は四十九歳になる。奥さんと二人の子どもがいたはずだ。

画廊の人からの電話のあと、久しぶりに「海の休日」と題されたその絵をゆっくりと眺めた。

この絵を見たのは、もう十年以上も前のことになる。映画の試写などで銀座に出た折り、画廊を歩くのを楽しみにしている。とくに版画を専門としているGという画廊が好きで、新しい企画展があると足を運ぶ。その日も試写の帰りに、そのころは表通りのビルの三階にあったGに立ち寄った。

自分に合う絵というのはだいたい目にした瞬間に「あっ、これは好きだ」とわかるものだ。極端な場合、案内状の葉書にある絵を見ただけで心が動く。Sさんの絵の場合もそうだった。案内状の絵を見た瞬間に、いい絵だなと思った。

画廊に展示されていた二十点ほどの版画は予想していたとおりいいものだった。パリの町角や運河、東京の水辺の公園や坂のある風景。どれも静かで落着いていた。子どものころに住んでいた町のように見えた。

そのなかに「海の休日」があった。

題名から考えると、リゾート地の海を思い浮かべるが、その絵の海は違った。大都市の港の海だった。それも神戸や横浜のような絵になる港ではない。貨物船専用の殺風景な港だった。

大きな倉庫、クレーン、岸壁に横付けになった貨物船、石油を運ぶ貨車、遠くに見える煙突とガスタンク。そのなかにかろうじて海が見える。

普通、画家があまり描かないような、都市のなかの忘れられた場所である。よほどのことがない限り、普通の人間はまず立ち寄らないところである。そこを描いているのが新鮮だった。しかも、Sさんが描くと普通なら殺伐とした風景が、坂や洋館のある風景と同じように懐かしく見えてくる。

近づいてさらによく見ると、絵の左隅に自転車に乗った男がいる。うしろには子どもが乗っている。おそらく画家自身が休みの日に、子どもを自転車のうしろに乗せて、この港に海を見に来たのだろう。決して大作ではないが、心に静かに残る。

たまに自分の本が増刷になって思いがけない印税が入ったときなどその画廊で小品を買い求める。版画は絵に比べると手頃な値段のものが多いから求めやすい。その時、たまたまある本が増刷になっていたので、Sさんの作品を手に入れた。家に帰って自分の部屋に飾った。Sさんとは一面識もないが、この、子どもと一緒に港に行った日は、Sさんにとっていい休日だったのだろうなと親しみを感じた。

電話をもらってから数日たって、銀座に出た折りに、画廊に作品を届けた。そのとき、画廊の人から、Sさんが何度か脳の手術をしたこと、最後の日々は、病院で二人の子どもが見舞いに来るのを楽しみにしていたことなどを聞いた。

画廊の帰り、海を見たくなった。Sさんが描いたのはおそらく晴海あたりだろう。銀座と晴海は近い。歩けば一時間ほどで行ける。

晴海通りを海に向かって歩いた。昭和通りを渡り、歌舞伎座の前を通り、新大橋通りを渡り、勝鬨橋に出る。橋の上に立つと、潮の香りがしてくる。このあたりは近年、高層ビルが増えたが、味気ないビルも水辺に立つと美しく見える。

トラックなど大型車がひっきりなしに通る、だだっぴろい通りをなおも海に向かって歩く。小さな運河を渡ると倉庫が目立って増えてくる。逆に、歩いている人の姿はほとんど見えなくなる。ただトラックが走り過ぎてゆく。緑は少なく町ぜんたいが埃っぽい。九月に入ったとはいえまだ暑い。次第に汗ばんでくる。

建設中の大きな建物があちこちにあり、鉄骨がむきだしになっている。鉄を打ち込む音があちこちから聞えてくる。

歩き疲れ、気分も滅入ってきたとき、不意に倉庫の先きに海が見えた。予想していたのとは違って、それは青い海だった。近づくといっそう海は青く見えた。海の水にやわらげられて、倉庫も貨物船も貨車が通る鉄道のレールもみんな懐かしい町の家のように見えた。そのなかでSさんが子どもと自転車に乗っている。一度も会ったことのないSさんの顔が旧友の顔のように浮かんでくる。

人の姿の見えない港ぜんたいが、夕方の光のなかで青く染まっているようだった。

マロニエのある店

しばらく見なかった酒屋の夫婦を見かけたのは、思いもかけないところだった。

家から南に二十分ほど歩くと、玉川上水に出る。深い溝になった底のほうを、わずかに水が流れている。それが六月の梅雨のころになると、水かさを増して川らしくなる。両側はコンクリートではなく、昔ながらの草土手で、そこには、サクラをはじめ、さまざまな木が茂っている。両側の細い道は、舗装されておらず、車は通らない。

雨の降る日の夕方、よくそこに散歩に出かける。木々が雨を浴びて、緑を濃くしている。どこかまだ武蔵野の面影を残している。

そこに行くには、車の多い広い道路に沿ってしばらく歩かなければならないが、ひとたび木々のなかに入ってしまうと、葉に落ちる雨音が聞えてくるほど静かになる。平日の夕方など、歩いている人はほとんどいない。いちど草むらで青大将を見かけたこともある。

上水といっても現在はもう使われていない。たしか東京オリンピックの頃に、上水としての役割を終えたはずだ。それからずっと荒れるままになってきたが、近年、また都の水道局が水を通し、周囲を少しずつ整備している。といっても、遊歩道のようにはせずに、土の道を昔ながらに残している。上水に沿って西に三十分ほど歩くと井の頭公園に出る。そこまで歩いて、井の頭線の電車に乗って家に帰る。

六月のなかば、朝から雨だった。雨の日は原稿を書く仕事がはかどる。出来あがった原稿をＦＡＸで送ったあと、散歩に出た。

家から十分ほど歩くと神田川に出る。ここはコンクリートに囲まれた、川というよりは堀割だ。それでも近年、川床にアヤメが植えられたり、川に鯉が放たれたりしている。

神田川に沿ってしばらく西に歩くと、環状八号にぶつかる。車の通りを大急ぎで渡り、住宅街のなかの道を右に曲り左に曲りしながら南に歩くと、やはり車の量の多い中央自動車道に出る。その歩道を西にしばらく行くと、ようやく玉川上水が見えてくる。林の道に入ると、隠れ家に来たようなほっとした気分になる。

このあたりにはまだ農地が残っていて、住宅地のところどころに畑がある。そのなかに区民農園がある。庭のない区民のために、区が用意した畑で、二畳ほどの土地を借りることが出来る。野菜を作っている人もいれば、花を育てている人もいる。

その日は雨だったので、人はいないかと思ったが、奥のほうに男性と女性の姿が見えた。二人で草むしりをしている。年齢は二人とも六十歳くらいだろうか。ビニールの雨合羽をかぶっている。こんな雨のなかに出かけてくるのだから、よほど農作業が気に入っているのだろう。

疲れたのか、男性が立ち上がって、腰を伸ばした。酒屋の主人だった。いや、もう酒屋は店閉まいしてしまったのだから、元主人というべきかもしれない。春のはじめに、店を閉じてしまったあと、どこに行ったのだろうと気にかかっていたが、こんなところで夫婦で畑仕事をしているところを見ると、その後元気にしていたのだろう。

声を掛けようと思ったが、出来なかった。酒屋の元主人はまた腰をかがめて草取りを始めた。隣りの畑のよく育ったトウモロコシが二人を隠した。

十年ほど前、いまのマンションに引越して来たとき、二百メートルほど先きにある酒屋をよく利用するようになった。まだそのころは、このあたりには酒屋はそこ一軒しかなかった。

中年の主人夫婦と、主人の父親らしい老人の三人暮しで、子どもはいないということだった。格別、特徴のある店ではない。間口二間ほどの小さな店で、ビール、ウィスキー、日本酒が並べられている。缶詰がたくさん置いてあるのが特徴といえば特徴で、子どもの頃に好きだったミカンの缶詰やコーンビーフが置いてあるのが懐しく、ビールやウィスキーと一緒によく買った。夫婦そろって礼儀正しく、ビール一本しか買わない客にも、丁寧に頭を下げて、「ありがとうございます」といっていた。

先代というのだろうか、主人の父親は隠居という感じで、古道具を集めるのが好きらしく、古時計や火鉢、蓄音機などを店の前のちょっとした空地に並べていた。主人は「どうもガラクタばかりで困ります」と苦笑いしていた。

店の前に、このあたりでは珍しいマロニエの木が一本あった。主人の話では、戦後、子どものころに、客から苗をもらって植えたところ、いつのまにか大きくなったという。いまでは二階の屋根より高くなっている。

このマロニエのことでは、その後、ちょっとした事件が起きた。初夏のある日、ビールを買いに行くと、マロニエの木がない。切り倒されてしまっている。どうしたんですかと聞くと、おかみさんは、大きくなり過ぎて、車の邪魔だと区や警察のほうから注意されましてね、それに、秋になると葉が落ちるでしょ、五月ころには花も散るし、それでご近所からも苦情が出たんです、と顔を曇らせた。

毎年、新緑の季節にここのマロニエの大きな葉を見るのを楽しみにしていたんですが、というと、おかみさんは、そういって下さるとうれしいんですが、葉が落ちて樋《とい》が詰まるとか、花が洗濯物について困るとか、ご近所の方にいわれましてねえ、客商売していると我がままもいえませんし、といった。

店の前には、多摩のほうに通じる昔からの街道が通っている。主人の話では、昭和三十年代までは、街道の両側には、ケヤキの大木が何本もあったという。それが住宅が増えるにつれて切られていった。マンションがあるところも以前は、ケヤキの大木が四、五本あったという。

老人が亡くなったのは、マロニエの木が切られてからしばらくした夏だった。猛暑が続いた夏で、朝、新聞の死亡欄を見るたびに死者の名前が黒々と並んだ。その日、ビールを買いに行くと、店は閉まっていて「忌中」の張り紙がしてあった。

秋になってようやく涼しくなるころ、老人が集めていた古道具類がいつのまにか姿を消した。主人の話では、いちばん大事にしていた火鉢を残して、父親の友人たちに貰ってもらったという。主人は、その火鉢を店の前に置き、植木鉢に使おうとしていたが、夜、人に持っていかれた。このへんもだんだん変わってしまって、とおかみさんがいった。

確かにそのころから町は変わりつつあった。街道沿いに大きなスーパーが出来た。駅からマンションまでのあいだにコンビニがふたつも出来た。スーパーと、コンビニのひとつが酒類を置くようになった。

つい便利なので、スーパーでビールを買うことが多くなった。アルバイトの若者は深々と頭を下げることはなかったが、機械的な応待でかえって気が楽だった。自動販売機でビールを買うようなものだった。

そのころから町の商店街に少しずつ変化が見えてきた。八百屋がなくなって、ハンバーガー・ショップになった。本屋とレコード屋が店をたたんだ。魚屋がラーメン屋に変わった。チェーン店が増えてきた。街道には、何軒もファミリー・レストランが並んだ。

さらに街道には大きな安売りの酒屋が出来た。町の酒屋よりはるかに値段が安い。ビールをケースでまとめ買いする客が増えた。土、日には、他の町から車でやって来る買物客でごったがえした。行ってみると、たしかにウィスキーなど品揃えが豊富だし、値段も安い。つい、そこで買うようになった。

安売り店が開店して数カ月たったころ、家内が買物から帰って来て、申訳ないことしちゃった、という。いまね、あの安売り店でウィスキーとビールを買って歩いていたら、酒屋のおばさんに会っちゃった、なんだか悪くなっちゃった。

そういえば、いつのまにか酒屋に行かなくなった。ビールはたいてい駅の近くのスーパーですませてしまうし、ウィスキーや日本酒は安売り店で買う。酒屋の前を通るのが気がひけて、散歩に出るときも違う道を歩くようになってしまった。

——四月ころだった。家を訪ねて来た友人がタクシーを拾って帰るというので、少しでも広い通りに近づこうと街道に出た。酒屋の前を通った。

酒屋の建物はなくなっていた。ちょうど取壊されているところで、若い作業員が、解体された家に、埃が立たないようにホースで勢いよく水をかけていた。聞いてみるとあとにはコンビニが出来るということだった。店の前にあったマロニエの切株に生えていた新芽が、廃材を運ぶトラックにへし折られていた。

七月に入って暑い日が続いた。その日も、昼近くには三十度を越えた。夕方になって、ようやく涼しい風が吹いてきたので、玉川上水まで散歩に出た。

住宅街では、そろそろ百日紅《さるすべり》が咲き始めている。アオイがもう満開になっている。もうじき梅雨明けだろう。

暑さのためか、幸い、区民農園には人の姿はなかった。なかに入ってみた。トウモロコシ畑やキュウリ畑を抜けて、先日の雨の日、酒屋の夫婦が草取りをしていた畑に行ってみた。そこにはトマトが青い実をたくさんつけていた。トウガラシもキュウリもあった。そして、いちばん奥に、マロニエの苗木が一本植えられていた。

原っぱ

朝から降り続いていた雨が、四時頃になって少し小降りになった。

一日、家で仕事をしていると、夕方、外に散歩に出たくなる。手紙を出しに行きがてらあの原っぱまで行ってみることにした。天気予報では、一日じゅう雨といっていたから、また降ってくるかもしれない。大きめの傘を持って外へ出た。

マンションの前にあるイチョウの緑が雨に濡れていつもより濃く見える。玄関脇の植込みでは、花好きの管理人が植えたガクアジサイが花を開いている。

近くのポストで知人の植物学者に手紙を投函した。このあいだから原っぱで見つけた小さな、淡紅色の花が気になっている。名前がわからない。大学生のときに亡くなった祖母の家の庭に咲いていていた。祖母がたしか教えてくれたのだが、どうしても思い出せない。植物図鑑を見てもはっきりしない。こういうときにはいつも知人の植物学者に押花を送って名前を教えてもらう。ポストのところから五分ほど歩くと私鉄の踏切に出る。小さな私鉄で、踏切に立って見ると、右にも左にも駅が見える。線路脇の土手にもアジサイが咲いている。

踏切を渡って、住宅と住宅のあいだの坂道を下ってゆくと川に出る。川といってもコンクリートで挟まれた、人工の水路のようなものだが、それでも近年は、整備されてきて、川床にはアヤメが植えられるようになっている。紫や白の花を咲かせている。

雨の日が続いているので、水かさが増し、そのなかを何匹も鯉が泳いでいる。買物の帰りらしい老夫婦が柵越しにそれを見ている。この近くに戦前に出来た老人ホームがあるせいか、川べりでよく老人たちを見かける。ベンチに座ってひとりで黙然としている老人もいる。

川に沿ってしばらく行くと、車の量の多い、広い自動車道路がある。私鉄の高架線をくぐっている。その通りを渡り、マンションの裏に入ると、そこに原っぱがある。テニスコート三つくらいの広さがあり一面緑でおおわれている。いちおう鉄線で囲われているが、入ろうと思えば簡単になかに入れる。

こんな町のなかに原っぱがあるとは気がつかなかった。見つけたのは家内だった。四月のはじめころ、近所に買物に出た家内が、息をはずませて帰ってきた。ビニールの袋から花がのぞいている。

原っぱで取ってきちゃった、という。紫色のハナダイコンだった。こういうのってありきたりすぎて花屋では売ってないでしょ、だから原っぱに入って取ってきちゃった。

原っぱってどこの？　駅の向う。

そのときはじめて広い自動車道路を渡った先きに原っぱがあることを知った。車の通りの激しい道路の向うにはめったに行かないので気がつかなかった。家内によると、その原っぱには菜の花とハナダイコンがたくさん咲いているという。
二、三日たって、夕方、ひとりでそこに行ってみた。駅のすぐ近くにこんな原っぱが残っているとは意外だった。近くの農家が遊ばせている土地なのだろうか。
子どものころは、家のまわりにこんな原っぱがたくさんあった。とくに新生パンの原っぱは広くて、よく野球をした。新生パンというパン工場の横にあるので、いつのまにかそう呼ばれるようになった。

あるとき、誰かが親から聞いてきた話をみんなにした。この原っぱは、戦争中、焼夷弾が落ちて家が焼けたあとだという。そのとき子どもが死んだらしい。その話を聞いてから自然と新生パンの原っぱから足が遠のいた。パン工場の若い工員が、夕方になると、原っぱの向うから、おーい、遊ぼう、と子どもの声がするといったのも気になった。それから野球をするのは六丁目の原っぱに変わった。

家内が見つけてきたこの原っぱは、以前は何があったのだろう。このあたりは、住宅街のなかにまだかろうじて畑や植木溜まりが残っているから、その名残りかもしれない。

それからしばらくして原っぱのことは忘れていた。五月の連休のあと、買物から帰ってきた家内がまたこんなことをいった。

あの原っぱ、花がいっぱい咲いてるわよ。行ってごらんなさいよ。怖いくらいにたくさん咲いているから。

行ってみると確かに花が咲き乱れていた。バラ、ツツジ、サクラソウ、ヤマブキ。

ふつう原っぱにあんなにたくさん花が咲いているか、というと、家内は、変よね、誰かが花を育ててるのかしら、あの近くに老人ホームがあるでしょ、あそこの人が花を植えてるかもしれないわよ、といった。

いつ行っても原っぱは花盛りだった。なかに、昔、見たことのある淡紅色の小さな花があった。雑草かと思ったほど目立たない。確か祖母の家の庭にあった。中学生のころ、アルバイトの約束で庭の雑草取りをした。その花を引抜いてしまうと、祖母は少し悲しそうな顔をして、花の名前を教えてくれた。それがどうしても思い出せないので、摘み取って押花にして知人の植物学者に問合わせた。

広い自動車道路を渡ったところで、雨が強く降り出した。トラックが水しぶきをあげて走り抜けてゆく。高校生が駅のほうへ走り出す。

原っぱは、いつにもまして花盛りだった。アジサイ、クチナシ、ナツツバキ、ビヨウヤナギ、ノウゼンカヅラ。白や黄色、橙色、紫、と色があふれかえっている。梅雨になると花を開くというタチアオイが雨に濡れて生き生きとして見える。

花ばかりではない。大きな枇杷の木が二本あり、黄色い実をたわわにつけている。カラスが数羽、それを突ついている。

鉄線をくぐってなかに入ってみた。タケニグサが膝に当って、ズボンが雨の露に濡れた。この草の茎を折るとヨードチンキのような茶色の汁が出る。子どものころ、それを足に塗ると早く走れるといわれて、駆けっこの前によく汁を足にこすりつけたものだった。

卯の花が咲いている。シャガがある。紅蜀葵《コウショツキ》がある。玉すだれが白い花を付けている。息苦しいばかりに色とりどりの花が開いている。

原っぱにこんなに花が咲くわけがない。おそらくここは、以前、個人の家か、公営住宅が何軒か建っていたのだろう。老朽化して家が取壊され、庭だけが残った。

もともとあった原っぱではなく、新しく出来た原っぱだった。だから気がつかなかった。冬のあいだは、枯れた原で人目をひかなかったが、春になって、庭が生き返ってきた。菜の花が咲き、ハナダイコンが咲いた。

梅雨に入ってタチアオイが咲き、枇杷が実をつけた。住む人間がいなくなっても、庭がよみがえってきた。

しかし、いずれ近いうちにここにもマンションが建てられるだろう。それを知っているからこそアジサイもナツツバキも最後の花を思い切り開いているのかもしれない。

いったん原っぱを出て、駅の近くのコンビニで小さな買物をして、ビニールの袋をもらった。家内がハナダイコンを取ってきたように、あの名前を思い出せない淡紅色の花を取って家に持ち帰ろう。ベランダの植木鉢でも育つだろう。

また原っぱに戻り、鉄線をくぐって、なかに入った。「花盗人は罰せず」という言葉があるが、やはり、他人の土地に入って花を取るのは気がひける。買物帰りの主婦や老人たちが、とがめるようにこちらを見ている気がする。傘で顔を隠すようにしてなかへ進んだ。

幸い雨足がまた強くなって。道を行く人間たちは急ぎ足になる。原っぱのほうを見ていることはないだろう。

根元から草を引き抜く。一本、二本……そのとき、枇杷の木のほうから、おーいと呼ぶ声が聞えた。立入禁止の原っぱに入った人間を注意しているのかもしれない。かまわず、もう一本、抜いた。抜けば抜くほど、花が目に入ってくる。また一本、また一本。ビニールの袋がいっぱいになってきた。おーい、とまた、誰かが呼ぶ声が聞える。雨の音に消されて、そのあとの声がわからない。

カラスの鳴き声がする。高架線を走る電車の音が聞える。雨が激しく傘にぶつかってくる。そのなかで祖母の声がした。

コマチソウを抜いてしまったのね。

ぬいぐるみ

四国のこのあたりはバスの便が悪い。乗り損ねると次のバスまで一時間以上待たなければならない。土地の漁師の昔話を聞いているうちに予想以上に時間が経ってしまった。海辺の停留所に向かって早足で歩いてゆくとちょうどバスがやってきた。幸い停留所には何人か客がいたのでバスは通り過ぎることなく停車した。おかげでなんとか間に合った。

バスは暖かい日ざしのなかを海に沿って走る。伊予の海は底まで透き通って見える。あちこちに養殖の筏が浮かんでいる。日を浴びたバスのなかは温室のように暖かい。乗客は十人ほど。眺めのいい、いちばんうしろの席に座る。十歳くらいの女の子が三人、横に座っている。三人とも大人しく海の景色を見ている。どこに行くのと聞くと恥ずかしそうにうつむいてしまって答えない。悪くなってそれ以上話しかけるのを控える。

山が海まで迫っている。「耕して天に至る」山で、上のほうまでミカン畑になっている。

ちょうど実りの季節で、緑色の木々のなかに絵具を溶かしたようにミカンが見える。バスは山と海のあいだの狭い道路を走ってゆく。

ときどき入江に出る。海はあくまで青く静かで養殖の筏がままごとのゴザを敷いたように並んでいる。入江には小さな集落がちらばっている。三人の女の子の家もこんな入江に面しているのだろうか。

古い日本映画のロケ地を訪ねる旅で昨日、土佐の入江の集落に行った。土地の人に昔のロケの様子を聞いたあと、海辺を歩いた。海に面した小高い丘に寺があり、墓地があった。三十年も前に作られたその映画のなかでヒロインが墓参りをする場面がそこで撮影された。当時と風景がほとんど変わっていない。大きなタブの木もそのままだった。

墓地から見える海の写真を何点か撮ったあと丘を降りようとして、見慣れない形の墓が目に入った。風雨にさらされるのを避けるために、墓石がお堂のような建物で囲ってある。仏壇を大きくしたようなものといえばいいか。こんな墓は珍しい。

なかを覗くと、墓石の前に十歳くらいの女の子の写真が置いてあった。そばには、童話の本や熊のぬいぐるみ、リコーダーなどが置かれている。墓石の横には碑があってこんな言葉が刻まれている。

「本が好き　歌が好き　走るのが好きだった　真実　ここに眠る」

碑はまだ新しい。愛児を亡くした親が碑を作り、墓石を守るためにお堂で囲ったのだろう。墓は海に面している。そういえば映画のなかのヒロインは都会に出て子どもを産み、その子を亡くしていた。子どもの遺骨を持って故郷に戻ってくるという設定だった。

バスが入江をいくつも通り過ぎてゆくうちに、次第に家が建てこんでくる。終点の町が近くなったようだ。バスのなかは、降りる仕度をする乗客でざわついてくる。

三人のなかでいちばん小さな女の子は背中に熊のぬいぐるみの形をしたリュックを背負っている。それを背中から降ろし、なかからまたひとつ同じ熊のぬいぐるみを取り出している。それを開けるとまた熊のぬいぐるみが出てくる。ロシアの人形マトリョーシカのようだ。

最後のぬいぐるみは財布になっていて、女の子はそこからバス代として親からもらってきたらしいお金を取り出した。折り紙のように小さくたたんである。女の子は大事そうに開いてゆく。開き終わると千円札だった。それを洋服のポケットに入れると、こんどはさっきとは逆に、財布をぬいぐるみのなかにしまい、それをまたぬいぐるみのリュックにしまう。しまい終わるとひと仕事しおえたようにほっとしてリュックを膝にかかえた。

バスが町に着いた。三人の女の子たちは、大人たちのあとについて降りて行った。小さな女の子は千円札を運転手に渡し、両替してもらっていた。

人口三万人にも満たない町だった。ここもいまから三十年以上も前に映画のロケがあったところだ。さすがにもう当時とは風景が変わっている。高い建物は建っているし、川には大きな橋が出来ている。それでも海に沿った商店街は、土蔵や銅板建築の雑貨屋が残っていて昔を感じさせる。

町の掲示板にポスターが張ってあった。日曜日の今日、中学校の体育館で音楽会が開かれるとある。東京から来た弦楽四重奏団がモーツァルトやヴィヴァルディの小曲を演奏したあと、町の中学生の演奏もある。小学生のリコーダー演奏もある。

急ぐ旅ではない。行ってみることにした。中学校は町はずれの丘の上にある。ミカン畑のなかの道をのぼってゆく。晩秋だというのにブルゾンを脱ぎたくなるように日ざしが暖かい。

右手に海が見えてくる。気がつくと、百メートルくらい先きをバスのなかで会った三人の女の子が背中を見せて歩いている。熊のぬいぐるみの女の子を真ん中にして三人は手をつないでゆっくりと丘をのぼってゆく。子どもたちを迎える学校の建物が海辺のお堂のように見えた。

海の見える食堂で

「跡」ばかりの町だった。

町はずれの岬の上には城跡があった。江戸時代のはじめまでは城があったという。いまはただ平坦な草地で城跡があったことを示す碑があるだけだった。

城跡を降りると古い漁港があり、その入り口のところには、明治時代、東京から海の絵を描きに来た画家たちがよく泊まったという宿屋の跡があった。いまはどこにでもあるコンビニエンス・ストアになっていて、店の傍に碑があるだけだった。

漁港を通り過ぎて海沿いに歩くと松林が見えてくる。明治の終わり、文豪といわれた作家が松林のなかに別荘を建てたが、それもいまはなく、まばらな松林にぽつんと碑が立っているだけだった。

目当てにして来たものは何もない。仕方がないので町をぶらぶら歩くことにした。

海沿いの国道はひっきりなしに車が通るが。一歩はずれて漁港のほうを歩いてゆくと、車も人の姿も見えなくなる。急にあたりはしいんとしてくる。醬油色の木造の家が秋の日を浴びている。東京ではすでにハナミズキが赤い実をつけていたが、九十九里のこのあたりは暖かいのだろう、まだ緑の葉を残している。それでも漁師の家の庭先には彼岸花が咲き、柿が実をつけている。

床屋がある。雑貨屋を兼ねた酒屋がある。カツブシ作りの工場がある。船の修理所がある。まだ昔のままの漁師町の面影がある。ただ、漁師の家はどこも、釣り民宿になっている。漁だけではたちゆかなくなっているのだろう。この秋はサンマもイワシもアジも不漁だと聞いた。

漁港の近くに一軒だけ開いている食堂があった。民宿も兼ねている。客は誰もいない。店の人の姿も見えない。何度も訪《おとな》いを入れるとやっとお婆さんが出てきた。手に白と黄色の菊の花を持っている。花屋にでも行っていたらしい。

壁に書かれた品書きのなかから二、三注文するとどれも出来ないという。不漁だからと言い訳をする。仕方がないのでビールを注文する。何もないのはさすがに悪いと思ったのかお婆さんは自分の家で食べるものらしいイワシの煮付を肴に出してくれた。

窓の向うに見える海を見ながらビールを飲んだ。イワシが案外うまい。店のなかはテーブルが四つほどと畳の小部屋がひとつあるだけ。テーブルの上に朝刊が置いてある。それを取ろうとして、下にアルバムがあるのに気がついた。

観光用の写真でも貼ってあるのかと思ったら、家族のアルバムだった。客が忘れていったのか、それともこの家のものなのか。一枚一枚、丁寧に貼ってある。結婚式の写真がある。花嫁は角かくしをしている。花婿は紋付羽織だ。宴会の写真がある。赤ん坊の写真がある。男の子だろうか。小学校に入学したときの男の子の写真がある。ランドセルと上履きを入れた袋を下げている。

小学校の校庭で撮った入学式の写真がある。校舎は木造だ。母親たちがうしろに並んでいるが、みんな着物を着ている。遠足の写真がある。犬吠埼《いぬぼうさき》の灯台らしいものが見える。男の子は野球帽をかぶっている。

アルバムをめくっているうちに、この男の子は私と同じ世代ではないかという気がしてきた。木造の校舎は私の小学校とよく似ているし、母親たちがみんな着物姿というのも同じだ。野球帽にも見覚えがある。

それに、写真はカラーではない。しかも、写真はハレのときのものばかりで、ふつうのスナップ写真は一枚もない。私の世代のアルバムというのはみんなそうだ。戦争から戦後の混乱期。子どもの写真どころではなかった。だから赤ん坊の写真の次はいきなり小学校の入学のときの写真に飛んでしまう。途中がない。

小学校に入っても遠足の集合写真ばかりで他の写真がない。まだカメラが普及していなかったからふだんの写真がない。

懐かしくなってアルバムをめくっていった。遠足、運動会、学芸会、また遠足。次は卒業式だなと思ってめくるとそれはなく、あとは空白になっていた。

小学生に戻ったような気分になった。いまの子どもたちのアルバムは写真だらけだろうし、何冊もあるだろう。私たちの世代はだいたい一冊でおさまってしまう。この男の子も少年時代のアルバムはおそらくこれだけだろう。だから大切なアルバムに違いない。

アルバムをテーブルの隅に戻した。ビールの代金を払おうとお婆さんを呼んだが現れない。また外に出て行ったのか。仕方がないので奥を覗いて畳の上に代金を置いた。ふと見ると部屋の奥に大きな仏壇があった。線香の匂いがする。仏壇には、あの小学校に入学した男の子の写真があった。その前に菊の花が供えられていた。

菜の花

橋の上から川を見ると、水は工場の排水を吸い込んで黒々と淀んでいる。ところどころ油が浮かんでいる。生きた川には見えない。それでも、さっき商店街のはずれの公園でちぎってきた桜の花を投げ込んでみると、花びらはゆっくりと川下へと流れてゆく。

このあたりは町工場が多かったところだが近年、埼玉県のほうへ移転が続いていて、跡地にはマンションが次々に建てられている。

橋の向うには、東京でオリンピックが開かれたころまでは、大正時代に出来た火力発電所の煙突が四本立っていた。見る場所によって四本が三本に見えたり、二本や一本に見えたりした。

あのころ煙突から煙がもくもく出ている光景はいいものだった。空襲で破壊された町にまた工場が建ち、生産が開始される。町が活気づいてくる。煙突の煙は、生まれ変わりつつある町の明るい象徴だった。

しかし、それから煙突は徐々に、嫌われるようになった。オリンピックのあと、公害の問題が出てきて、煙突はいつのまにか忌避されるようになった。工場は、町から追われるように郊外へと移転していった。

いま橋の上に立ってみても煙突は一本も見えない。火力発電所は取壊されている。跡地はたしかグラウンドになっている。

そのあとを見ようと、橋を向う岸へと歩いた。このあたりの橋は、下流にかかる、道路の延長のような長い橋に比べると、川幅が狭いだけに、楽に歩いて渡れる橋らしい橋になっている。

川から微風が吹いてくる。ひと昔前は、悪臭がひどかったが、いまは、水は黒ずんでいても臭いはない。

橋を渡り切ろうとしたとき、向うの歩道から、老人がやってきた。リヤカーを引いている。荷台に黄色いものが見える。すれ違いによく見ると菜の花だった。鉢に植えられ、二、三十個はある。売り物だろうか。

リヤカーのうしろからは、茶色い犬が一匹、老人のお伴をするようにくっついて歩いている。首輪がない。野良犬なのか、それとも放し飼いなのか。このあたりでは、犬が鎖につながれていなくてもうるさくいう人は少ないのだろう。

老人と犬が橋を渡って、商店街の夕暮れの雑踏に消えてゆくのを見送った。風が少し冷たくなってきた。

橋を渡るといつもは左手の公園に行く。右手には小学校があって、歩くのには適さないからだ。しかし、よく見ると、小学校と堤防にはさまれて、抜け道のような細い道がある。老人はここから出てきたらしい。

右は堤防、左は小学校のグラウンド。道はそのあいだの隙間に伸びている。人ひとりがやっと歩けるほどの道幅で、雑草におおわれている。そこを歩いた。

小学校のグラウンドが尽きると宅地に出た。都営住宅らしい、コンクリートの平屋が並んでいる。そうとう老朽化していて、なかには人が住まなくなったところもある。窓ガラスが破れ、廃屋になっている。いずれは取壊されて、建て換えられるのだろう。

それでもまだ何軒かは、人が住んでいて夕餉の匂いがしてくる。どこかで豆腐屋のラッパが鳴っている。犬の鳴き声がしている。そちらのほうに行こうと角を曲がったとたん、目の前に黄色が広がった。建物の横に、ちょっとした空地があり、そこに黄色い絵の具を溶かしたように菜の花が咲いていていた。

草花の少ない町だ。この住宅の人たちが育てて花を咲かせているのだろう。さっきすれ違った老人が育てているのかもしれない。みごとに咲いたので鉢にして、商店街の知人たちに配りにいったのだろう。

菜の花は、一本一本で見るとその良さがよくわからないが、「菜の花畑」というように一面に咲くと、その黄色い花と緑の葉の調和に息を呑む。こんな都営住宅の隅の空地でも一面に咲いていると圧倒される。

子どものころ、町のはずれに引揚者の寮があった。小学校の校舎のような木造二階建ての建物がふたつ建っていて、そこに中国大陸や朝鮮半島から引揚げてきた人たちが暮していた。町のなかでそこだけが違う町のようだった。どこか寒々としていた。

四年生か五年生のときだった。クラスに転校生が入ってきた。引揚者寮の子どもだった。かけっこの速い男の子で、すぐに教室のなかに溶け込んだ。

あるとき、その子どもの家に遊びに行った。いつもの殺風景な感じではなかった。空地という空地いっぱいに菜の花が咲いていた。パレットのような明るさだった。

男の子の母親がこんな話をしてくれた。戦争が終わったあと、寒い冬を半島で過ごし、ようやく春になって内地に引揚げてきた。日本のあちこちに菜の花が咲いていた。大陸でも半島でもあんな一面の菜の花畑を見たことがなかった。引揚者寮で暮し始めたとき最初に考えたことは、あの菜の花をもう一度見たいということだった。ひとりが植えると他の家でもそれにならい、空地はいつのまにか菜の花でいっぱいになった。

春の遠足で東京の西にある貯水池に行った。土手に菜の花が咲いていた。引揚者の男の子は弁当を食べるのも忘れて、菜の花畑のなかを走りまわっていた。

都営住宅を抜けると車の多い通りに出る。それを川のほうに戻る感じで歩いてゆく。しばらく行くとさっきの橋に出た。あたりは薄暗くなり、黒々とした川の水に、川辺のマンションの灯りが映っている。夕暮れが川の汚れを隠している。

橋の向うから老人がリヤカーを引いて戻ってきた。リヤカーのうしろに黄色が見える。黄色い帽子をかぶった小学生の男の子がリヤカーに乗っている。遠足の帰りだろうか。水筒をさげリュックを背負っている。老人の孫なのだろう。そのあとを相変らず茶色の犬がついて歩いている。すれ違ったとき子どもが、こんばんわといった。こんな声を、昔、どこかで聞いた。

わんど

大阪の古書店から古書目録が届いた。小さな古書店が十軒ほど共同で作っている。目録名は平仮名で「わんど」とある。

なんのことかわからず辞書を引いてみた。「湾処　入江。または川の淀みや水たまり」とあった。それを見て、釣りを愛した明治の作家の短篇小説を思い出した。作家が釣りに出かけて行き、そこで遊びの釣りではなく、貧しい家の食卓に載せるための釣りをしているけなげな少年に出会う話だ。本棚から文庫本を取り出してみて、その小説を拾い読みしていたらそこにやはり「わんど」という言葉があった。「わんどとは水の彎曲した半円形をいうのだ」とある。小説のなかで描かれているのは、東京の東を流れる中川である。

四月なかばの土曜日、朝からあまりに天気がいいので、家にいるのがもったいなくなり、中川に向かった。

井の頭線、地下鉄、京成電車を乗り継ぎ、荒川の鉄橋を渡って二つ目の駅で降りた。商店街を抜け、バス通りをしばらく歩くと中川にぶつかる。

明治の作家が釣りを楽しんだころは、このあたりはまだ純農村で、川の水も澄み、セイゴやフナがよく釣れたという。いま川は、コンクリートの塀に挟まれ、川というより運河のようだ。とても魚が住めるような川には見えない。

初夏を思わせる日ざしのなかを、川に沿って歩く。高い建物がないので空が広い。以前にも何度か来ているが、思い出してみると、この季節に来たのは、はじめてだ。冬の寒々とした水景しか知らない目には、岸辺のハナミズキやツツジの緑が鮮やかで、あたりは、晴々として見える。いつになく足の調子もいい。どこまでも歩けそうな気がしてくる。

中川は東京の川のなかでは、地味な、目立たない川だ。大正時代に荒川放水路が作られたときに、中川を横切ったために、上流と下流が分断されてしまった。そのためにどこからどこまでが中川なのか判然としなくなっている。

しばらく歩くと橋がある。それを渡る。橋の上から川を見ると、大きく蛇行しているのがわかる。江戸時代に、川が荒れるのを防ぐために、人工的に川を何ヵ所かで曲げたという。あまりに曲がった川なので。「中川の四十九曲り」といった。蛇行しているから、あちこちに「わんど」が出来た。

橋を渡って向う岸に出る。川と川に挟まれた島のような土地である。工場や倉庫が多い。そのあいだに、昔の純農村の面影を残すように野菜畑が広がっている。キャベツや大根が植えられている。畦道には菜の花が咲いている。

はじめて中川を見たのは、もう三十年近く前になる。そのころ、新聞社で週刊誌の記者をしていた。大学紛争が全国各地で起こり、それが高校にも波及した。高校生がヘルメットをかぶり、学校側と対立した。ベトナム反戦運動や成田空港建設反対運動も激しくなり高校生もそういうデモにも参加するようになった。学校側はデモに参加した学生を処分する。それに対して学内では反対運動が起こる。十代の子どもたちも巻きこんだ、激しい政治の季節だった。

そんな折り、取材で東京のある高校生の女の子と知り合いになった。思春期の感受性の強い子どもで、ベトナム戦争に反対する市民のデモに何度か加わり、それが学校側に知られて停学処分を受けた。それでかえって反発して、成田空港建設反対のデモや、新左翼の学生たちのデモにも加わるようになった。

十月の国際反戦デーのデモのときに声をかけた。ヘルメットの下にまだ幼ない顔があり、男の学生たちとスクラムを組んでいるのを見ると痛々しい感じがした。

何度か会って話を聞いた。父親が別の高校の先生をしていて、父親に対する反発もあるようだった。演劇が好きで、そのころ盛んになっていたアングラの芝居をよく見に行くともいった。顔も身体も幼なかったが知的には早熟だった。それでも「クマのプーさん」が大好きで、プーさんの絵の入ったイギリス製のノートを大事にしているという子どもっぽいところもあった。ふつうデモに参加する学生は組織を作るものだが、この女の子は、いつも単独行動だった。

年が明けて、彼女の先生から電話があった。職員のなかで、ひとり彼女をかばっていた先生だった。およそ政治とは縁のない、昆虫の好きな、温厚な人柄だった。

暮れに彼女がとうとう退学処分を受けてしまった。家出した。ようやく見つけて、いま彼女と話し合っているという。なんとか政治活動をやめさせたいのだが、自分ひとりでは自信がない、来てくれないだろうか。

指定された上野の喫茶店に行くと、彼女と先生が隅の席に坐っていた。彼女は、これから京成電車に乗って成田に行き、空港建設反対運動に参加するという。先生は、まだ高校生なのだからそこまで深入りするなと説得しているが、彼女の決意は固い。

週刊誌の記者としては、説得する立場にはないし、また、出来ない。といって先生が心配する気持もよくわかる。どうしたらいいのか、言葉が見つからない。三人とも黙り込んでしまう。

時間切れのような形になり、彼女は上野駅から京成電車に乗り込む。それを二人の男が追う。電車のなかでも三人とも黙り込んだままだ。電車は夕暮れの荒川の鉄橋を渡る。ともかく一度、降りようと先生がいい、小さな駅で降りた。方角もわからぬまま女の子がどんどん歩いてゆく。それを二人で追いかける。

暗い川にぶつかった。コンクリートの黒々とした塀に挟まれ、川の水は淀んで、流れているようには見えない。川の上から冬の冷たい風が吹きつけてくる。悪臭がひどい。女の子は橋のたもとでじっと川を見つめている。

今日のところは先生も心配しているのだから一度家に帰ったらどうかと妥協的なことをいうと、こちらをにらみつけるように、あなただって空港建設に反対する人たちの味方ならデモに加わるべきよ、いつも取材だけしているなんてずるいわ、といった。それに反論出来なかった。

彼女は思いを断ち切るように駅に戻って行った。先生がそれを追った。ひとり残って、川を見つめるほかなかった。彼女の言葉が重く残った。同時に、彼女が自分をどんどん狭いところへ追いこんでいるようで痛ましかった。といっても、去ってゆくものを、もう引きとめようがなかった。ひとり京成電車に乗って上野に戻った。

何日かたって先生に電話してみた。わたしは無力な教師ですというばかりだった。以来、彼女の消息は絶えた。あのころは、そんなふうにしていなくなってしまう学生が多かった。ある日、地図を見ていて、あの黒々とした川が中川だと知った。

いまもう川の悪臭は消えている。あのころに比べると川の汚れも減ってきたという。変らないのは曲がりくねった川の流れだけだ。あの女の子は「わんど」のなかに入ってしまったのかもしれない。週刊誌の記者はそれをただ見送ることしか出来なかった。

川べりにはハナミズキの並木の遊歩道が作られている。老人たちや家族連れが散歩している。しばらく行くと芝生が広々と植えられている公園に出た。子どもたちがフリスビーをしたり、ローラースケートをしたりして遊んでいる。芝生で家族連れが弁当を広げている。明るい日ざしのなかで、あちこちで笑い声が起きる。

公園の隅にケヤキの大木があった。その下に、女学生が十人ほど集まっている。手にノートのようなものを持っている。ひとりが何か喋ると、別の女の子が受ける。芝居の稽古だった。高校の演劇部の生徒たちなのだろう。

セリフをとちる女の子がいる。それをみんなが屈託なく笑う。こんなにたくさんのセリフ、覚えきれないよう、といいながら女の子が急に靴を脱いで素足になる。そして、ケヤキの木のまわりをくるくる踊りはじめる。女の子たちはみんなそれに倣ってひとり、ふたりと素足になってゆく。

彼女たちの向うに見える川の上には日の光があふれていた。

浜辺のパラソル

中学生のころ、高校生の兄と夏のあいだ、房総の海で一週間ほど過ごした。漁師の家の離れを借りた。

そのころまだ九十九里の海岸に向かう鉄道があった。大正の終わりに、東京から海水浴客が来るようになって作られた鉄道で、地元の人には「きどう（軌道）」と呼ばれていた。海水浴のことを昔ながらに「潮湯治《しおとうじ》」という人もまだいた。

一輛だけのディーゼル車がトロッコのようにのんびりとトウモロコシ畑やスイカ畑のあいだを走る。窓から手を伸ばせば、よく育ったトウモロコシをもぎ取れそうなほど、線路は畑に接している。

駅の数は七つほど。海に近づくに連れて、風は松の匂いがしてくる。三十分ほどで終点に着く。海はもうそこから歩いて一キロもない。

麦藁帽をかぶった海水浴客が降りると、列車はからっぽになり、転車台で折返してまた町へと戻ってゆく。

木造の駅舎から外に出ると小さな広場があり、そのまわりを雑貨屋、床屋、釣り具屋、食堂など十軒足らずの商店が囲んでいる。そこを抜けて海のほうに歩いてゆくと、トウモロコシ畑や水田があり、イヌマキの垣根に囲まれた農家が何軒か続く。タブやクスノキの大樹からセミの声がうるさいくらいに聞えてくる。

道は次第に砂まじりになってくる。貝殻がふえてくる。やがて松林が見えてくる。その手前に漁師の家がある。

庭には松葉牡丹やダリヤが咲いている。アジサイが緑の葉を茂らせている。漁師の小母さんが冷たい麦茶と、井戸で冷やした西瓜で迎えてくれる。汗がゆっくりと引いてゆく。

そうして海辺の夏が始まる。

朝は早い。身体の弱い兄は、朝露が身体にいいといわれ、五時には起きて散歩に出かける。私は、小母さんと一緒に畑に出かけ、キュウリやナスをもぐのを手伝う。小父さんは漁師といってもそのころはもう自分で船に乗ることは少なく、漁業組合の仕事のほうに忙しい。それでも毎朝のように、漁港に行ってその日に取れた魚を家に持ち帰ってくる。

海に来て最初にすることがある。駅前の床屋で頭を坊主にすることだ。小さいころから、髪の毛が赤い。黒くなるようによく海苔やワカメを食べさせられた。髪の毛を切るといいといわれ、夏のあいだは坊主になった。

駅前の床屋に行って、バリカンで髪を刈ってもらう。鏡に映った顔が自分の顔ではなくなったようで少し恥かしいが、涼しくなって気持がいい。それにここなら、冷やかす友だちもいない。兄も一緒に坊主になる。毎年のことなので、床屋の小父さんは「東京の海坊主が来た」と笑って迎えてくれる。店には扇風機ひとつないが、広々と開け放した窓からは、藤棚を通して、穏やかな風が吹いてくる。軒忍《のきしのぶ》に下がった風鈴の音を聞いていると眠りに誘われる。

昼近くになって海に行く。砂まじりの道は日に焼かれて熱くなっている。松林のなかに製材所がある。褐色の煉瓦塀には、橙色の花を咲かせた凌霄花《のうぜんかずら》の蔓がからまっている。製材所からはモーターのうなる音が聞えてくる。

松林を抜けると一気に九十九里の海が広がる。荒い海が、平坦な浜辺に打ち寄せる。小学生のころは、この波が怖くて、あまり泳がなかった。中学生になって、波を越えて沖に出てしまえばかえって楽に泳げることがわかってきた。

浜辺には、赤や黄色のパラソルが貝殻のように開いている。持って来たパラソルを白砂のなかに立て、その日蔭にタオルや水筒、小母さんが作ってくれたむすびを包んだ風呂敷包みを置く。

夏休みが始まったばかりで、浜辺はさほど混んでいない。もともと小さな、ひなびた感じのする海水浴場だから、夏の盛りにも掛茶屋が五軒ほど並ぶくらい。混んだといってもたいしたことはない。

泳いで来いよ、と兄がいう。兄は小さいとき、空襲で大火傷を負い、それが身体に残ったので海に入らない。海に来ても、パラソルの日蔭にいて持って来た本を読んでいる。

兄を浜辺に置いて、海に入る。波打際の波は荒々しいが、そこをなんとか越えると、波もなく、泳ぎやすくなる。沖合いの飛込台に向かって平泳ぎで泳ぐ。浜から離れるに従ってまわりには人が少なくなってくる。監視員を乗せたボートが見えるくらいだ。

ようやく飛込台にたどり着く。泳ぎのうまい地元の男の子が一人か二人いるくらい。櫓の上まで登って、浜辺のほうを見る。パラソルの下にいる兄に手を振るが、兄が気がついたのかどうか、わからない。

兄はときどき朝や、夕方、人がいなくなったころにシャツを着たまま海に入る。浮輪を使って仰むけになると、しばらく、空と入道雲を眺めている。

兄が空襲のなか、どういう状況で火傷を負ったかは知らない。ただ、同じ家にいながら兄だけが被害にあった。三歳のときだった。

一度、こんなことがあったのを覚えている。あるとき、漁師の小父さんが、夕涼みがてら町の映画館に映画を見に連れて行ってくれた。時代劇か何かだったと思う。そのころ、映画館では、映画の前にニュース映画が上映されていた。そのニュース映画で、朝鮮半島での戦争の様子を伝えた。地上での戦闘、空からの爆撃、狭い映画館に不吉な音が響きわたった。ふと隣りの席の兄を見ると、目を閉じ、身体を小さく震わせていた。

夕方になると、パラソルが次第に減ってゆく。家族連れが帰ってゆく。日傘をさした母親が子どもの手を引いてゆく。子どもの持っている赤い浮輪が松林のあいだに見えなくなる。ヒグラシの鳴く声が聞え始める。

兄はよく帰りに製材所に立寄り、作業を飽きることなく眺める。兄は子どものころから工作が好きで、建築家になる夢を持っていた。以前、この製材所で余った材木をもらい、それで机と椅子を作って、漁師の小父さんを驚かせた。それを知った製材所の主人は、いつでも遊びに来ていいとなかに入るのを許してくれた。兄は、そのうち、製材所に出入りする建築家と知り合い、その人から設計図を見せてもらうようになった。

その夏、兄はその設計図に従って家の模型を作っていた。大きな板を床に見立て、柱を建て、壁を作り、窓を開ける。居間、客間、玄関と作ってゆく。一階をほぼ作り終り、次に二階に取りかかっていた。

夕食のとき、小母さんがホタルが見られる場所を教えてくれた。駅の裏手に水田が広がっていて、そのなかを小さな川が流れている。そこでホタルが見られるという。

夕食のあと、兄とホタルを見に出かけた。川に小さな木の橋が架かっていて、そこには海水浴客や町の人が何人か集まっている。浴衣姿の女の子たちがいる。床屋の小父さんと小母さんもいる。ホタルは土手の上や田んぼの上を飛んでいる。子どもたちが笹竹で取ろうとするが、足場が不安定なのでうまくゆかない。光の玉はすうっと子どもたちから去ってゆく。人魂《ひとだま》みたいと浴衣姿の女の子がいう。遠くで列車の音がする。

駅前まで行ってみる。雑貨屋と食堂がまだ開いていて橙色の灯りが広場に明るい輪を作っている。その光のなかにポストがぽつんと見える。そこで母への手紙を投函する。この土曜日に母も来るといいのだが。

兄は雑貨屋でセメダインを買う。ここの小父さんとも親しくなっていて、去年の夏には製材所でもらってきた余り木で縁台を作ってあげた。その縁台の上で、町の人が夕涼みをしている。

駅にはディーゼルカーがとまっている。一輛だけの車輛が、夜の闇のなかでぼうっと明るい。二、三人の乗客が影絵のなかの人物のようだ。

列車はゆっくりと町に戻ってゆく。今日の最終列車だろう。ホームの電気が消えて、あたりは前よりいっそう暗くなる。兄はその暗がりのなかを列車を追うようにして線路の上を歩いてゆく。どんどん先きに行ってしまう。闇のなかで白いシャツを着た兄がホタルのように見える。

兄はどこまで行くのだろう。家の模型を作るのに瓦屋根の材料が必要だといっていたからそれを探しに行ったのだろうか。

兄が歩いていった線路に耳をつけてみる。昼の太陽の熱が残っていてまだ熱い。車輪の音が潮騒のように聞えてくる。海が見えてくる。

海には誰もいない。兄がクロールで飛込台に向かって泳いでゆくのが見える。そのあとを必死に追う。二人で櫓に登る。浜辺を見ると白いパラソルがひとつだけ立っている。その下に母と小さいころに死んだ父がいる。二人はこちらに向かって手を振っている。兄がそれに応える。

夏のボール

校門の両脇に植えてある夾竹桃《きょうちくとう》が、炎天下に赤い花を咲かせている。この二本の木は、戦争が終った年の夏にも赤い花をいっぱいに咲かせたという。

夏休みの学校は、セミの声が聞えてくるくらいで、寺の境内のように静まりかえっている。このあたりは大使館や寺が多く、町全体も都心にしては落着いている。

関東大震災のあと、昭和のはじめに建てられたという三階建ての校舎のなかに図書室がある。学校にはまだ図書館がない。

図書委員をしているので、夏休みでも自由に図書室を使うことが出来る。

ドアを開けてなかに入る。教室よりやや狭い部屋の両脇が、天井から床まで本棚になっていて、そこに本がぎっしり並べられている。図書室というより、書斎といったほうがいいかもしれない。天井が高いので、なかは蔵のように冷んやりしている。ドアを開けたままにして、中庭に面したガラス窓を開け放つと心地よい風が通り抜ける。

この部屋でひとり、勉強したり、本を読んだりする。それが高校三年生の夏休みの日課だった。図書室をひそかに別荘と呼んでいた。

図書室には戦前からの本が多かった。昭和のはじめに出版された日本文学全集や世界文学全集がいまだに大事に並べられている。カビくさいのでほとんど読まれていなかったがその古い匂いが気に入って暇をみては手に取った。

ページをめくっていると、昔の学生の書き込みがよく目に留まった。恋の悩みは「煩悶」であり、女性は「メッチェン」だった。ハンス・カロッサの第一次世界大戦の従軍日記を読んでいたら、押花が挟まっていた。園芸部にいる同級生がときどき花壇の手入れにやってくる。押花を見せると忘れな草だろうといった。それを丁寧にセロハンに包み、台紙に張って栞を作ってくれた。かわりに、ときどき、夕方、花壇に水をまくことにした。ユリやアジサイ、ノウゼンカズラに混って、咲き初めの白から次第に桃色に色が変わってゆく酔芙蓉《すいふよう》もあった。

図書室にいるのに飽きると屋上に行った。学校は高台にあるので眺望がいい。周囲は都心のわりに緑が多く、コンクリートの屋上は樹海を行く船のように見えてくる。

屋上には、ときどき音楽部の生徒が、フルートやヴァイオリンの練習にやってくる。山岳部の生徒たちが、ザイルを使って屋上から下へ降りていることもある。目の前に東京タワーが、真新しいコンパスのような姿を見せている。

この塔は、中学に入学した年の夏に建設が始まった。夏休みが終って学校にゆくと、いつのまに出来たのか、グラウンドの向うに大きな鉄骨が鹿の角のように伸びていた。はじめそれがなにかわからなかった。上へ上へと作り上げられてゆくうちに、塔の形になっていった。

中学二年の十二月のクリスマスのころに完成した。冬休みだったが、学校に行って屋上から東京タワーを見た。世界一の塔が誇らしかった。日本の国はこれから明るく、豊かになるのだとうれしかった。

東京タワーの向うには東京湾の海のきらめきが見える。北には神宮の森と国立競技場が見える。二年後のオリンピックの会場になるところだ。都心のあちこちで、オリンピックに合わせて高速道路が作られている。そのコンクリートの柱がビルの間に見えている。

東京の町がどんどん新しくなっている。学校では、図書館の建設が予定されている。書斎のような小さな図書室もいずれなくなるだろう。

屋上からはグラウンドが見下せた。

崖を削って平らにした狭いもので、いつも運動部の生徒が、お互いにぶつかりそうになって練習している。ラグビー部のボールや野球部のボールがよく園芸部の花壇に飛び込んで花をダメにしてしまう。

その日は、野球部が練習している。活発な部ではない。毎年、九人揃うのかと他の部にいわれている。夏の高校野球でも、一回戦で敗退する。それが当り前になっているので誰も応援に行かないし、負けても口惜しがったりしない。甲子園大会にはすでに私立の野球の名門校が代表に決まっていた。

そんなときに練習をしている。

背番号1をつけた背の高い、ごつい身体をした男がノックをしている。内野に外野に、巧みにゴロやフライを打ち分けている。ゴロの打球は速く、白いボールが、海面を飛ぶトビウオのように勢いよくグラウンドを走ってゆく。

打っているのは彼だった。

中学一年のとき同じクラスだった。そのころ、始業の一時間前に学校に行っては、まだ誰も来ていないグラウンドでよく野球をやった。その中心になったのが彼だった。一年生のときから野球部に入り、高校生と一緒にプレイしていたから、中学生の野球では、いつも投打のヒーローだった。よくホームランを打った。ボールがグラウンドの先きの崖の下に落ちてなくなってしまうこともしばしばだった。

中学一年の夏休み、彼に助けられたことがあった。

土曜日、学校の帰りに、前の年に出来たばかりの渋谷パンテオンに、同級生と西部劇を見に行った。映画が終って二人で、東急文化会館から渋谷駅に通じている高架橋を歩いているとき、他の学校の生徒三、四人に囲まれた。仕方なく、いわれるままに金を渡そうとしたとき、うしろから、よお、と声がした。彼だった。日焼けした顔はたくましく見えるし、身体は大きい。彼があらわれただけで、学生たちは渋谷駅の雑踏に消えてしまった。

両国にある彼の家に遊びに行ったのはそのあとだったと思う。隅田川を越えた町の商店街にある大きな酒屋だった。六大学野球で活躍したという兄さんが店を切りまわしている。

その活気のある店のなかで、奥まったところにある小さな部屋だけが静かだった。天井まであるような仏壇が置いてあって、写真が二つ並べられている。花が飾られている。仏間というのだろうか。

父親と姉だ、と彼はいった。二人とも空襲のときに亡くなったという。姉といっても写真の女の子はまだ子どもだった。

その日、彼は近くにある相撲部屋を何ヵ所か案内してくれた。小学生のとき、すでに大きな身体をしていたので相撲部屋に誘われたこともあると笑った。夕方、彼の兄さんがちゃんこ料理の店に連れて行ってくれた。

夜、両国駅まで彼が送ってくれた。総武線の電車が隅田川を渡るとき、川面に町の灯りが蛍の光のように浮かんで見えた。

彼に、自分の父親も戦争で亡くなっていることをいいそびれてしまった。いや、彼はそのことを誰かから聞いて知っていたかもしれない。だから何も聞かなかったのだろう。

そのことがあってから、かえって彼とつきあうのがつらくなった。父親の死という負の共通項が重荷になった。彼といるといつもそれを意識してしまう。仏間にあった小さな女の子の写真も思い出してしまう。

中学二年のときからはクラスが違った。身体を悪くしてから野球をすることもなくなった。中学、高校と続いている学校だったが、高校に上がっても彼と同じクラスになることはなかった。ただ、彼が野球部で活躍していることは知っていた。

高校二年生のときの夏の東京大会でも、三年のこの夏の大会でも、一回戦で敗けはしたが、彼はホームランを打った。それが唯一の得点だった。九人でやるべき野球なのに、彼がたった一人で闘っているようだった。投げて打って、そして負けた。

グラウンドで彼の姿を目にしたとき、少し驚いた。学校では、普通、高校三年生ともなると部活動をやめて、受験勉強に専念するようになるからだ。野球部でも夏の東京大会が終ると三年生は引退してゆく。

それなのにいまだに彼は、夏の炎天下、下級生相手にノックをしている。彼ほどの選手だったら、強いチームに入っていたらレギュラーになって甲子園に行けたかもしれない。実際、高校に進むとき、ある野球の名門校から勧誘があったという。どういう事情があったのかは知らないが、彼はその話に乗らなかった。

彼が打ったボールがレフトの頭上を越えてプールに飛び込んだ。水泳部の連中が、そのボールを取ってグラウンドに投げ入れた。彼は手を振ってそれに応えた。オレが大きいのは、死んだ姉のぶんも食べて育ったからだ、とあの日、彼はちゃんこ鍋を食べながら笑った。自分の妹みたいに小さな女の子が本当は姉さんなんて不思議な気がするともいった。

空襲の日、他の家族は千葉のほうに疎開していた。彼女だけは、四月から小学校に入学することになっていたので、両国の家に父親と一緒に残っていた。その日、彼女は、隣りの家の梅があまりきれいに咲いていたので、枝を一本、黙って取った。亡くなる前に、それで神様の罰が当ったんだわといったという。彼の家では、命日に仏壇に梅を枝ごと供えるといっていた。

学校は高台にある。どこから行くにも坂を上がらなければならない。その朝、都電の日赤産院下から学校に向かう鉄砲坂を上がっていると、うしろからユニフォーム姿で坂を走ってくる者がいる。彼だった。歩いて上がるのさえ疲れる坂を、走っている。俯向き加減に走っているので、こちらには気がつかない。声を掛けようかと思ったがためらわれた。彼はそのまま、背番号1を見せて、坂を上がっていった。

その日、図書室でラフカディオ・ハーンの評伝というのを見つけて、ぱらぱらページをめくっていた。ページのあいだから、梅の花が一枚、落ちた。本には、こんなことが書いてあった。ハーンは、庭の梅の木を大事にしていた。ハーンが亡くなったとき、秋だというのにその梅の木が花を咲かせたという。園芸部の友人にそんなことがあるのかと聞くと、返り咲きといって決して珍しいことではないと教えてくれた。

午後、水泳部の練習がない日だったのでひとりでプールに飛び込んだ。泳ぐというより、仰向けになって、空をぼんやり眺めていた。そこに白いボールが飛び込んできた。また彼がフライを飛ばし過ぎたらしい。ボールを取ってグラウンドに投げてやると、彼がこちらに気がついて右手を上げた。グラウンドに白いユニフォームを着て、まっすぐに立っている彼が塔のように見えた。

その夏、マリリン・モンローが睡眠薬の飲み過ぎで死んだ。あんなに明るい女優がまだ三十代で死ぬとは信じられなかったし、アメリカという陽気な国に、死は似合わないように思った。その直後に、堀江謙一という二十三歳の若者が、たった一人でヨットで太平洋を横断し、サンフランシスコに到着した。甲子園では、栃木県の代表校が春夏連覇を成し遂げた。スタンドにはいつのまにか赤トンボが飛んでいるとアナウンサーが報じていた。

図書室通いもそろそろ終わりにしようと、その日、本棚の整理をし、床にモップをかけた。フルートを吹きに来ていた二年生が、掃除を手伝ってくれた。終ったあと、ヴィヴァルディのフルート協奏曲を吹いてくれた。

演奏が終ったとき、窓のところで拍手がした。彼だった。これから野球をしないかという。プロとやるのはごめんだというと、いや、ソフトボール、それも三角ベースだと笑う。フルート吹きの二年生が、いいですね、ぼくも入れて下さいという。他に、水泳部や剣道部、園芸部の人間も誘ってあると彼はいった。夏休みに学校によく来ていた連中の、まあ、送別会みたいなものだ。

日もそろそろかげろうとしていて、グラウンドには涼しい風が吹き始めている。総勢十二人が二チームに分れた。ソフトボールなのでそれほど飛ばないはずなのに、彼が打つと楽々とプールにまでボールが飛んだ。

お前は、打つのが早すぎる、もう少しボールを待ってから振るんだ。彼のアドバイスどおりにすると、ボールはグラウンドの隅まで飛んだ。

たまにはみんなと野球をするのもいいなというと、彼は、少し寂しそうな顔をして、本を読むのは一人で出来るからいい、野球は一人では出来ないからなといった。

試合が終わるころには、日が落ちて、夕焼けになっていた。そのなかに東京タワーが浮かびあがった。彼と親しく話をしたのは、それが最後だった。

何年かたって両国の町を歩いたとき、彼の家にいってみた。店先の花瓶に梅の枝が活けてあった。

本書に収録した作品は、『記憶都市』(稲越功一・写真)(白水社、一九八七年一〇月)、『遠い声』(スイッチコーポレイション書籍出版部、一九九二年一月)、『青のクレヨン』(河出書房新社、一九九九年一〇月)から選びました。

【著者】
川本三郎（かわもと・さぶろう）
1944年東京生まれ。評論家。著書に『大正幻影』（1990年、新潮社、サントリー学芸賞）『荷風と東京　『断腸亭日乗』私註』（1996年、都市出版、読売文学賞）『林芙美子の昭和』（2003年、新書館、毎日出版文化賞・桑原武夫学芸賞）『白秋望景』（2012年、新書館、伊藤整文学賞）など。訳書にカポーティ『夜の樹』（1994年、新潮文庫）『叶えられた祈り』（1999年、新潮社）、ブラッドベリー『緑の影、白い鯨』（2007年、筑摩書房）ロンドン『ザ・ロード　アメリカ放浪記』（2024年、ちくま文庫）など。

遠い声／浜辺のパラソル　川本三郎掌篇集

2024年7月15日　初版第1刷発行

著　者　川本三郎
発行者　尾方邦雄
発行所　ベルリブロ
〒215-0004 神奈川県川崎市麻生区万福寺 6-3-12-102
TEL 044-572-1117
FAX 044-767-2417
bellibro@jcom.zaq.ne.jp

印刷・製本　株式会社 精興社

Printed in Japan
ISBN978-4-9913305-1-3　C0095